로맨스 호러

옮긴이 | **양혜윤**

상명대학교 일어교육과 졸업. SBS 번역과정을 수료하고 일본 각지를
여행하며 여러 가지 체험을 했다.
현재 전문번역가로 활동중이며 옮긴 책으로는 〈너와 나의 일그러진 세계〉,
〈정년을 해외에서 보내는 책〉, 〈100년 기업〉, 〈한국 마누라가 최고야〉,
〈하우징 인테리어〉, 〈알기 쉬운 일본 역사〉, 〈소울메이트〉 등이 있다.

| **로맨스 호러**

제1판1쇄 발행 | 2013년 7월 20일
지은이 | 아쿠타가와 류노스케 외
옮긴이 | 양혜윤
펴낸곳 | 도서출판 세시
출판등록 | 3-553호　　**주소** | 서울시 마포구 대흥동 303번지 2층
전화 | 715-0066　　**팩스** | 715-0033
Email | sesi3344@hanmail.net
ISBN | 978-89-98853-05-1 03840

매혹적으로 무서운 이야기

로맨스 호러

Romance Horror

아쿠타가와 류노스케 외 지음 | 양혜윤 옮김

| 목차 |

호러는 한국어로 공포라는 뜻이다. 무섭고 두려운 것. 때로는 끔찍하고 처절함을 느끼게 하는 공포라는 감정. 하지만 아이러니하게도 사람들은 공포라는 감정을 꺼려하지만은 않는다. 오히려 공포 영화나 호러 소설, 무서운 롤러코스터나 생명의 위협을 느낄만한 극한 순간을 즐기는 익스트림 스포츠까지 그런 감정을 즐기기 위한 여러 가지 도구들을 만들어낸다.

어떤 이들은 말한다. 이성간에 같이 공포영화를 보면 사랑의 감정이 더욱 싹틀 수 있다고. 온몸에 소름이 돋는 순간적인 감정이, 우리가 사랑에 빠질 때 느끼는 짜릿한 감정과 닮아 있기 때문이다. 불쾌하고 끔찍한 것을 보면서 그것을 피하고 싶지만, 한편으로는 지켜보고 싶은 모순된 마음, 그리고 그 순간 느

꺼지는 짜릿함. 결국 공포와 쾌락이라는 감정이 한끝 차이라는 얘기다.

공포소설은 오랜 역사를 자랑한다. 미국의 유명한 호러 소설가 러브 크래프트는 "공포는 인간의 가장 오래된, 가장 강한 감정이라고 했다." 이미 우리가 책을 통해 보기 전부터 무서운 이야기는 사람들의 입에서 입으로 전해 내려왔다.

동양과 서양의 공포소설은 약간 분위기가 다르다. 동양에서는 귀신이나 영적인 존재를 통해 그들의 한이나 심리적인 문제를 바탕으로 공포감을 조성하지만, 서양에서는 괴기스러운 괴물이나, 살인마 등을 통해 잔인함과 괴기성을 바탕으로 공포감을 조성한다.

하지만 역시 가장 무서운 것은 전혀 예상치 못한 순간에, 예

상치 못한 것에 의해 느껴지는 감정이 아닐까? 공포 영화를 볼 때도 전혀 생각지도 못한 곳에서 불쑥 튀어나오는 귀신의 모습에 소리를 지르며 무서워하는 것 역시 무지에서 오는 공포, 앞을 내다볼 수 없는 막막한 무언가에 대한 공포일 것이다.

　그래서 이 단편집에서도 그런 소설들을 모아보았다. 피가 난무하고, 귀신이 돌아다니거나 드라큘라가 나타나는 것이 아니라 알 수 없는 모호한 공포, 정체는 알 수 없지만 가슴을 조여오는 심리적인 압박감. 긴장감과 미스터리. 판타지와 공포 소설의 경계를 넘나드는 듯한 환상 괴기소설 들로 이루어져 있다.

　일본의 대표 로맨스 호러소설들을 모아놓은 이 단편집을 통해 새로운 스타일의 호러소설과 만나보길 바란다.

귀여운 악마

히사오 주란

☾ 히사오 주란 久生十蘭

훗카이도 출생, 본명은 아베 마사오. 소설가이자 연출가인 그는 지역의 고등학교를 중퇴하고 도쿄로 올라와 학업을 마치고 하코다테 신문사에 입사했다. 하지만 연극 활동에 빠져 신문사를 퇴사하고 극단에 입단했다. 그리고 집필 활동 역시 손에서 놓지 않고 동인지 〈생(生)〉을 창간한다. 이후 연극 공부를 위해 프랑스로 넘어가 프랑스의 유명 연출가 샤를 뒬렝에게 사사를 받고 돌아와 연출가로 활동. 잡지〈신청년〉에 번역과 창작물을 기고한다.

이후부터 히사오 주란이란 필명을 사용해 장편 미스터리 〈금랑〉을 발표하고 〈햄릿〉, 〈호반〉 등의 걸작 단편을 집필했다. 1951년 〈스즈키 몬도〉로 나오키 상을 수상했다. 1957년 사망했다.

그는 추리물, 코믹물, 역사물, 현대물, 시대소설, 논픽션 소설 등 다채로운 작품을 다루었는데, 그의 박식함과 정교한 문체에 '다면체 작가', '소설의 마술사'라고 불린다.

여기에 실린 단편은 인간의 이상 심리를 세련되게 그린 작품이다.

1

등을 보이며 웅크리고 앉아 무언가를 만지작거리며 놀고 있다. 뭘 하고 있는 걸까 궁금해서 가까이 다가가 들여다보니 1미터 정도 길이의 꽃뱀을 나뭇가지로 괴롭히고 있었다.

"처음 뵙겠습니다."

내가 격식을 차려 인사를 하자 그녀는 힐끗 나를 돌아보았다. 그리고는 뱀이 도망가지 못하도록 한 발로 머리를 밟으면서 일어섰다.

"안녕하세요."

무뚝뚝하게 한 마디 던진 그녀는 민망할 정도로 오랫동안 내 얼굴을 빤히 바라보았다.

무서울 정도로 아름다운 얼굴이다. 하늘에서 내려온 천사같이 아름다운 그녀의 얼굴은 어느 한 구석 흠잡을 데 없이 마치 잘 닦인 상아처럼 뽀얗게 빛나고 있었다.

이런 피부 아래에도 과연 피가 흐르고 있을까? 투명하다 못해 차갑게 느껴질 정도다. 그런 그녀가 계속 나를 바라보고 있으니 왠지 오싹한 기분이 든다.

내가 조금 민망해하자 그녀가 나에게 말했다.

"내가 올 때까지 이 뱀을 밟고 있어요. 절대 도망가게 해선 안 돼요."

그리고는 혼자 집안으로 들어가버렸다.

나는 그녀가 얘기한 대로 얌전히 뱀의 머리를 밟고 기다렸다. 뱀은 괴로워하며 몸을 비틀고 꼬리로 내 바짓단을 두들겼다. 하지만 나는 뱀의 사정 따위 상관없이 머리 꼭대기에서 쨍쨍 내리쬐는 햇빛을 받으며 넓은 잔디밭의 정원 한가운데 서 있었다.

아무리 기다려도 여인은 돌아오지 않았다. 올 리가 없다. 잠시 후 서양식 건물의 2층에서 피아노 노리가 들려왔다.

나는 방금 전의 여성에게 미학과 미술사를 가르치러 온 근면하고 성실한 고학생으로 뱀의 머리나 밟고 있으려고 이 집에 고용된 것이 아니다. 그러니 이런 일을 사절한다고 해도 큰 상관은 없다. 그런데 왠지 그래서는 안 될 것만 같은 기분이 들었다. 결국 나는 날이 저물 때까지 그곳에 그렇게 멍하니 서 있었다.

2

나는 천장이 높고 넓은 방에서 생활하게 되었다. 아무래도 이 방은 옛날에 무도회장이었던 곳 같다. 매끄럽게 나무로 깔린 마루에, 천장에는 휘황찬란한 샹들리에가 몇 개나 달려 있다. 다시 말해서 호텔 연회장 같이 넓은 방 전체가 내 침실인 것이다.

그리고 지금 나는 그렇게 넓은 방 한가운데에 덩그러니 놓인 작은 침대 위에 누워 있다. 마치 넓은 바다 한가운데에 혼자 떠 있는 듯한 기분이 들었다. 내 몸이 절반으로 줄어든 것만 같다. 밤이 되면 어둠이 융단처럼 사방에서 몰려와 숨이 턱 막힐 것만 같은 기분에 좀처럼 잠이 오질 않는다.

첫 만남부터 나에게 이상한 일을 시켰던 후지는 이 집의 당주로서 터무니없이 큰 이 서양식 건물에 몇 명의 하인만을 두고 혼자 살고 있다. 고색창연한 서양 건물 안은 뭐라 형용할 수 없는 곰팡이 투성이의 분위기가 자욱하다. 가구와 조명은 모두 서구 시대 문화를 동경하던 것으로 그후 전혀 손을 대지 않앉는지 닳고 해져서 덜거덩거리는 곳 천지다.

그러나 잘 보면 의자의 천은 비단이고, 벽난로 위의 선반은 모두 이탈리아제 대리석으로 예전에 여기서 얼마나 화려한 생활이 펼쳐졌는지 충분히 짐작할 수 있다. 소문에 의하면 후지의 선대는 항상 긴 소파에 앉아 술을 마시고 시를 지으며 하루하루를 보냈다고 한다. 그가 그런 생활을 한 이유는 특별히 시를 좋아해서라기보다는 만취상태에서 시를 짓다 보면 가슴속의 답답함이 해소되는 것 같았기 때문이다.

그는 자신의 답답함이 나라에 대한 걱정 때문이라 생각했다. 그러나 당시 그는 매독성 신경쇠약이 심했으니, 엄밀히 말하면 그의 답답함은 생리적인 불쾌감이었다. 물론 이것은 뇌매독으로 죽은 그의 사후에 추측된 것이니 확인할 길은 없다.

그는 자신의 하나 밖에 없는 핏줄인 후지를 여장부로 키우기 위해 여러 가지 기발한 교육을 시켰다. 그 예로 선대는 어느 날 후지에게 정원에 있는 정원사를 있는 힘껏 때려보라고 시켰다. 그러나 후지는 무슨 생각인지 아버지 옆으로 오더니 건네받은 채찍으로 아버지의 얼굴을 세게 내려쳤다. 선대는 갑자기 날아온 채찍에 맞아 의자에서 굴러 떨어졌다. 잔디밭에 고꾸라진 그는 얼굴을 파묻고는 한동안 고개를 들지 못했다. 그런데 알고 보니 그때 선대는 풀밭에 엎드린 채 기쁨의 눈물을 흘렸다고 한다.

3

나는 매일 아침 열시가 되면 긴 복도를 터벅터벅 걸어 반
대편 끝 쪽에 있는 온실에 간다. 그곳에서 내가 하는
일이라고는 커다란 종려나무를 심어 둔 초목 아래에 놓인 의
자에 열한 시까지 덩그러니 앉아 있는 것이다. 나는 온몸이 푹
파묻혀버릴 만큼 커다란 등나무 의자에 앉아 괜한 헛기침을
하거나 천장을 올려다보다가 열한 시반이 되면 다시 터벅터벅
내 방으로 돌아온다. 이것으로 나의 하루 일이 끝난다. 매일 아
침 이런 생활이 똑같이 반복된다.

무엇을 위해 그런 것을 하냐고 하면 두말 할 것 없이 그곳에
서 후지에게 미술사 강의를 하기 위해서지만, 나는 이제껏 한
번도 그런 영광을 얻은 적이 없었기에 그저 등나무 의자를 유
일한 친구삼아 시간이 지나기만을 막연히 기다리게 되는 것이
다. 이 일에 대하여 딱히 큰 불만은 없다. 어차피 지루하다는
점에서는 둘 다 마찬가지니까.

점심식사가 끝나면 외출 허락을 받기 위해 후지를 찾으러
나선다. 이것 또한 꽤 귀찮은 일이다. 후지는 아주 가끔은 자기
방에서 글씨 연습을 하거나 책을 읽기도 하지만, 대개는 생각

귀여운 악마

지도 못한 곳에 틀어박혀서 혼자서 여러 가지 기이한 놀이를 하고 있다.

나는 2층으로 올라갔다가 지하로 내려갔다가, 바쁘게 돌아다니며 수많은 방을 하나씩 열어봐야 한다. 이렇게 끊임없이 찾아다니다 보면 지하실 보일러 옆이나 서재의 커다란 책꽂이 뒤에서 찾아내기도 한다.

후지를 찾기 위한 방법으로 또 다른 것이 있다. 창문 근처의 마루 위를 살펴보는 것이다. 그 근처 바닥을 자세히 들여다보면 날개가 뜯긴 파리나 다리가 잘린 거미가 잔뜩 떨어져 있다. 그것이 꿈틀거리고 있거나 다리를 바둥거리고 있다면 방금 전까지 후지가 그 방에 있었다고 보면 된다.

그것이 지네이든 나비이든 결과는 똑같다. 숨이 끊어지기 직전의 바둥거리는 상태를 보면서 목숨은 살려 놓은 채 최후의 순간까지 몰아넣는다. 그러나 결국 막다른 지경까지 몰아놓고 보면 별거 아니란 생각에 흥미를 잃어버리는 것이다.

4

이 집에 온 지 5일째 되던 날 오후, 테니스 코트 옆에서 멍하니 서 있는 나에게 후지가 언제나처럼 인기척도 없이 불쑥 다가왔다.

첫날의 꽃뱀 사건 이후로 후지와 처음 만난 것이었기 때문에 나는 당황한 얼굴로 인사를 했다. 그런데 후지는 웬 못 보던 남자냐는 눈빛으로 나를 바라보았다. 그리고는 갑자기 입을 열었다.

"그래 그래, 당신에게는 아직 식사 대접을 안했지."

나는 무슨 소리인지 알아들을 수 없었다.

"네?"

"난 라빵 사쐬르란 프랑스 요리를 아주 잘해요. 당신도 좋아해요? 내가 만들어줄까요?"

'사쐬르'라니 무슨 요리인지 전혀 알 수 없었지만, 싫다고 했다가는 왠지 큰 보복이라도 당할 것 같은 기분이 들어 당황스러운 얼굴로 그녀에게 항복해버리고 말았다.

"라빵…, 그거 제가 제일 좋아하는 겁니다."

그렇게 말하고는 먹고 싶어서 참을 수 없다는 얼굴을 보였더니 후지는 만족스러운 듯 흥, 하고 콧소리를 냈다.

"그럼 지금부터 준비를 해야 하니 와서 좀 도와줄래요?"

후지는 자리에서 벌떡 일어서더니 성큼성큼 온실 안쪽으로 들어갔다.

우리는 토끼장이 어디에 있는지 알 수 없어서 이쪽 저쪽을 한참 돌아다닌 후에야 겨우 찾아낼 수 있었다. 처음 토끼장에 발을 들여놨을 때에는 갑자기 어두운 곳에 들어가서인지 눈이 침침해져 아무것도 보이지 않았다. 토끼장 한가운데서 우물쭈물 하고 있는 나에게 발치에 쭈그리고 앉아 있던 후지가 말을 걸었다.

"자, 이것 좀 들고 있어요. 여기를 이렇게, 한 손에 하나씩 귀를 잡고서."

아무 것도 보이지 않아 멍청하게 서서 팔만 쭉 뻗은 내 양손에 아직도 따뜻하게 체온이 남아 있는 뭉클한 것이 잡혔다. 나는 아무 생각 없이 그것을 눈높이까지 끌어 올렸다. 그것은 목이 댕강 잘린 토끼의 머리였다. 희미한 어둠 속에서 피가 줄줄 흐르는 목이 눈을 번쩍 뜨고 원망스러운 듯 내 얼굴을 바라보고 있었다.

"으악!"

깜짝 놀라 비명을 지르며 내던지려는 나를 후지가 저지했다.

"그렇게 휘두르면 피가 넘쳐흘러버리잖아. 바보!"

후지는 기분 나쁜 목소리로 다그쳤다. 희미한 어둠 사이로 보니 후지는 내 발치에 쭈그리고 앉아 토끼의 머리에서 떨어지는 피를 즐거운 듯이 그릇에 받으며 놀고 있었다. 세상에 이보다 더 잔인한 장난이 있을까. 나는 손발이 오그라들 것 같은

20

오싹함에 모든 것을 다 집어던지고 도망가고 싶었다.

나중에 들어보니 '라빵 사쒸르'란 토막을 친 토끼고기를 고급 레드 와인과 토끼 피로 끓인 것으로 프랑스에서는 상당히 고급 요리에 속한다는데, 그때는 그런 것을 알지 못했다.

5

후지는 자기가 손질한 닭이 아니면 먹지 않는 묘한 버릇이 있어서 나는 그 후로도 종종 끌려가서 손질을 돕게 되었다. 그녀가 목을 따거나 털을 뽑는 동안에 나는 닭의 몸통을 누르거나 식용 개구리의 다리를 들고 있어야 했다. 그런데 희한하게도 차마 눈뜨고 볼 수 없을 만한 그런 끔찍한 일들이 후지와 함께 하면 전혀 기분 나쁘지 않았다. 차츰차츰 익숙해지자 나중에는 즐겁다는 느낌조차 들었다.

이런 일이 반복되면서 나는 후지의 기분이 좋아질 때면 가끔씩 그녀의 술 상대가 되고, 때로는 드라이브에도 끌려갔다. 선대의 혈통을 물려받은 탓인지 후지는 술을 매우 잘 마셨다. 와인이나 코냑이 아니라 고급 청주를 매일 저녁 600ml 정도씩 마셨다. 게다가 내가 상대를 해주는 날이면 평상시 정도로 적당히 끝내는 일은 절대 없다. 항상 코가 삐뚤어지게 마시고는

귀여운 악마

비틀비틀 내 어깨에 매달려 흥얼흥얼 노래를 부르며 침실까지 간다.

성격은 어찌나 대범한지 걱정이란 것을 모르는 사람 같다. 하고 싶은 것은 뭐든지 성이 풀릴 때까지 다한다. 고급 스포츠카를 혼자 끌고 나가서는 싫증이 났다고 도로 끝에 방치해두고 돌아오거나, 멀리 여행을 갔다 마음에 든다며 카네이션을 온실 통째로 사오는 일도 있다.

보통사람의 눈에는 광기로 밖에 보이지 않을지 모르겠지만, 무사들이 대접받던 세계에서는 이게 당연한 생활이었다는 것을 생각하면 후지의 잔인성은 전국시대 때부터 이어진 혈통 때문이 아닐까하는 생각도 들었다.

하지만 그런 모든 점을 감안하더라도 이렇게 제멋대로인 여성이 세상에 또 있을까 싶을 때가 한두 번이 아니다. 새벽 3시쯤 벨을 울리며 부르는가 하면, 일주일 동안 근처에 얼씬도 못하게 할 때도 있다. 한번은 겨우 잠든 것을 억지로 깨워서 오리사냥에 끌려간 적도 있다.

숨 돌릴 새도 없이 몰아치는 변화무쌍한 기후 속에 사는 듯한 생활이 한 달 남짓 계속되었을 때의 일이었다. 어느 날 밤 11시쯤 갑자기 나를 부르는 벨이 울려서 나는 후지의 침실 앞까지 갔다.

조심스럽게 노크를 했지만 여느 때 같은 종달새 소리가 들리질 않았다. 문을 살짝 열고 안을 들여다보니 양탄자 위와 의자 위에 아이보리색 슈미즈와 망사 스타킹, 핑크색 큐롯팬츠, 그 외에도 여러 가지 ―초심자인 나 같은 사람은 봐도 뭔지 알 수도 없는 대단한 가짓수의 여성 옷이 주위에 온통 널려 있고, 당사자인 후지는 샹들리에를 밝게 켜놓은 채 침대 위에 잠들어 있었다.

마치 따뜻한 욕조에 몸을 담근 것처럼 편안히 이불 위에 누워 있는 모습에 당황한 나는 얼른 전깃불을 끄고 도망치듯 나와버렸다.

다음날 아침, 방에 멍하니 앉아 있는데 하녀들 중에 나이가 제법 많은 오토메라는 노파가 들어왔다.

"오늘부터 공부를 할 테니 지금 바로 온실로 오라는 분부입니다."

감정이라고는 전혀 실리지 않은 딱딱한 말투로 한마디 던지고는 가버렸다.

매일 아침의 그 바보 같은 관례는 '라빵 사쒸르' 사건 이후로 흐지부지되면서 그 후로는 후지의 변덕에 상대하는 일에만 매달려 미술사 따위는 까마득히 잊고 있었다. 그래서 처음에는 무슨 소리인지 몰라 멍하니 있다가, 문득 정신이 들어 로체의 '파르테논'을 집어 들고 방에서 뛰어나왔다.

온실에 가보니 놀랍게도 후지는 이미 그곳에 와서 중대 결정이라도 내린 얼굴로 의자에 앉아 있었다. 내가 고개를 약간 끄덕이면서 후지와 마주 앉자 후지는 딱딱하고 차가운 눈빛으로 내 얼굴을 바라보았다.

"잠깐 물어볼 게 있는데, 당신은 여기서 뭘 하는 사람이죠?"

찬바람이 쌩쌩 부는 말투다. 나는 후지가 하는 질문의 요지를 알 수 없어서 멀뚱멀뚱 그녀의 얼굴을 바라보았다. 그러자 후지는 짜증스럽게 미간을 확 찌푸렸다.

"대답이 없는 건, 내가 한 말이 들리지 않았다는 건가요? 그런 거라면 다시 한 번 묻지요. 당신은 나의 무엇에 해당하는 분인가요? 친구? 아님 애인?"

여러 가지 장난스러운 얘기도 했었고, 상당히 아슬아슬한 농담도 주고받았지만 애인이라 답할 용기는 차마 나지 않았다.

"친구 정도라고 할까요."

나는 대답하면서 평소답지 않게 느글느글한 웃음을 지었다.

"아니오."

후지는 의연한 표정으로 내 얼굴에 시선을 둔 채 대답했다. 순간 나도 모르게 가슴이 설레었다.

24

"그럼…?"

날카로운 목소리로 후지가 답했다.

"당신은 가정교사예요!"

얼굴이 벌겋게 달아오른 내가 고개를 숙이고 있자 후지는 연타를 날리듯 나에게 물었다.

"당신은 처음부터 내가 오든 안 오든 10시부터 11시까지 여기서 기다리기로 약속하지 않았나요?"

그렇게 얘기하니 뭐라 할 말이 없다. 나는 모기 우는 소리로 중얼거리듯 얘기했다.

"그다지 마음에 들어 하지 않는 것 같아서, 제가 없는 것이……."

후지는 내 대답은 들으려고도 하지 않았다.

"어째서 약속을 지키지 않는 거지요? 나는 아무리 사소한 약속이라도 제대로 지켜주는 사람이 좋아요. 그렇다고 해서 낭만적으로 해석하지는 말아요. '의무'라는 것을 엄격하게 생각하는 것이 내 취미니까."

이 말은 약간 믿음이 가지 않았다. 하지만 그런 얘기를 했다가는 또 어떻게 될지 알 수 없기에 나는 그저 그녀의 기분을 거스르지 않기 위해 최대한 미안하다는 표정을 지으며 가만히 있었다. 그러자 갑자기 후지가 세상에 무서울 거라고는 전혀 없는 예전의 상태로 돌아왔다.

"바보 같기는. 그만 고개 들어."

나는 휴우, 하고 한시름 놓으며 몇 번이나 머리를 긁적였다.

"어때? 가슴이 좀 철렁했어? 헤헤, 오늘은 제대로 당했지?"

그리고는 갑자기 내 쪽으로 얼굴을 들이밀었다.

"설마 내가 화났다고 생각하는 거야? 아니야, 그렇지 않아. 난 그저 슬플 뿐이야. 이건 슬픔의 반동이라고. 당신은 모르겠지만 나만큼 가정교사 운이 나쁜 사람도 없을 거야. 모두들 갑자기 사라져버리니까."

후지는 하얗고 단단해 보이는 볼에 뭐라 표현할 수 없는 기묘한 미소를 띠면서 가만히 내 얼굴을 바라보았다.

"그야 그럴 수밖에. 당신처럼 제멋대로인 사람과 있다가는 누구든 도망가고 싶어질 겁니다."

나는 당연하다는 표정으로 말했다.

"그럴까."

후지는 중얼거리듯 말했다.

그럴까라니. 나는 어젯밤의 추한 모습을 폭로해서 놀려 줄까 했지만 좀 전에 당한 기습에 아직도 심장이 벌렁거려서 그런 기분이 들지 않았다. 하지만 나만 당하고 있으려니 분하다는 생각이 들어 살짝 운을 뗐다.

"어젯밤 열한 시쯤에 벨이 울린 것 같았는데, 기분 탓이었나?"

나는 시치미를 떼듯 물어보았다. 후지는 잠시 고개를 갸웃거리며 생각하는 것 같더니 곧 대답했다.

"글쎄, 난 모르겠는데."

7

그리고는 3일 후, 학교 문을 나서려는데 긴바라라는 친구가 쫓아왔다.

"너 가가다 씨 집에 가정교사로 나간다며? 진짜야?"

그의 질문에 그렇다고 대답하자, 그는 야비한 근성을 드러내며 기분 나쁜 웃음을 흘렸다.

"조심해. 너무 사랑받다가는 살해당할지도 모르니까."

묘하게 시비를 거는 말투였다. 나는 언제나처럼 질투하는 거라고 생각해 상대도 하지 않았다. 그러자 긴바라가 입을 삐죽 내밀며 또 다시 얘기했다.

"못 믿겠나본데, 진짜야. 그 집은 약간 묘한 구석이 있으니 조심하는 게 좋을 거야."

"묘하다니, 뭐가?"

귀여운 악마

짜증난다는 말투로 물어보니 긴바라가 눈을 동그랗게 뜨고는 날 쳐다보았다.

"어? 너 정말 그 얘기 모르는 거야? 하긴 소개소에서는 그런 얘기를 해줄 리가 없지."

궁금해진 나는 그를 데리고 근처 술집에 갔다. 그의 말에 의하면 내가 가기 전에 두 명의 가정교사가 모두 죽었다는 것이었다.

"절벽에서 떨어졌다고도 하고, 물에 빠져 죽었다고도 하고. 그 부분이 애매하기는 하지만 어쨌든 죽었다는 것만은 사실이야."

그런 일이라면 특별히 놀랄 것도 없다. 그 정도의 우연은 어디서든 있을 만할 일이다.

긴바라는 나와 마찬가지로 가정교사를 해서 학비를 벌고 있는데, 질투가 심해서 남이 자기보다 많은 돈을 벌거나 좋은 집에 다니면 이러쿵저러쿵 재수없는 소리를 늘어놓고는 했다. 이 얘기 역시 그런 것일 것이다.

"아마 그 집터가 안 좋은가보지."

나는 밉살스럽게 한 마디 던지고는 그와 헤어졌다.

그날 밤 나는 언제나처럼 한밤중에 침실에 들어갔는데, 늦게 마신 술이 위장에 그대로 남아서인지 좀처럼 잠이 오질 않았다. 담배를 피우고 몸을 뒤척뒤척거리고, 끊임없이 부스럭부스럭거리는데 갑자기 정체를 알 수 없는 전율이 등줄기를 타고 흘렀다.

나는 비명을 지르며 침대에서 벌떡 일어나 어둡고 침침한 넓은 방을 구석구석까지 둘러보았다. 하지만 그곳에는 죽은 듯이 고요한 밤의 기운이 있을 뿐 특별히 나를 놀라게 할 만한 것은 없었다.

다시 베개에 머리를 뉘였지만, 가슴속 두근거림은 좀처럼 가라앉질 않았다. 불현듯이 나타나 나를 움츠리게 만든 공포는 대체 뭐였을까? 나는 다시 일어나 앉아 아까 담배에 불을 붙이던 때와 똑같은 자세를 취했다. 그리고 조용히 눈을 감고 아까와 같은 영상이 다시 한 번 내 망막에 비추기를 기다렸다. 내 눈꺼풀의 안쪽을 잡다한 그림자가 줄을 지어 지나갔다. 그러다 갑자기 어두운 영상 하나가 내 망막에 비쳤다.

그것은 어느 날 온실에서 '모두들 갑자기 사라져버리니까'라고 말하며 눈 하나 깜빡이지 않고 지긋이 내 얼굴을 바라보던 후지의 얼굴이었다. 냉소의 그늘이라는 말이 어울릴 법한 묘한 미소를 띤 하얀 가면이었다.

나는 눈동자를 껌뻑껌뻑거리며 팔짱을 끼고 침대 위에 앉았다. 그리고는 나도 모르게 중얼거렸다.

"어쩌면 나는 살해당할지도 몰라."

8

소개소에서 두 전임자 가족의 주소를 알아낸 나는 오늘이 추분인 것을 다행으로 여기고 커다란 선향 상자를 두 개 샀다. 그리고 가가다 집안에서 인사를 왔다며 그 집을 방문했다.

내가 정신이 이상해져서 이런 짓을 한 것은 아니다. 두 사람의 죽음의 원인을 확실하게 하는 것이 지금의 나에게는 무엇보다 중요한 일이었기 때문이다. 사실무근이라는 것을 알게되면 매일 나를 괴롭히는 의구심과 불안함에 괴로워하지 않아도 되고, 만약 그것이 사실이라면 앞으로 어떻게 해야 할지 생각해야만 한다.

후지는 변함없이 상태가 좋아 보이지만, 그 정도로는 절대 안심하고 있을 수 없다. 반대로 그것이 위험신호일 수도 있기때문이다. 요즘은 기분이 너무 좋은 나머지 가끔씩 지나친 행동을 해 더욱더 나를 불안하게 한다.

그것뿐만이 아니다. 후지의 일거수일투족, 눈초리 하나하나까지 의구심과 불안함의 씨앗이 되고 있다. 하루하루를 긴장과 불안 속에 살다 보니 최근 일주일 동안 나는 급격히 야위었다. 그럴 바에 과감히 가가다 집안을 뛰쳐나와버리면 되지 않느냐고 할 수도 있지만, 만약 전혀 사실 무근일 경우를 생각하면 너무 바보 같아서 차마 그러고 싶지는 않다.

영전에 선향 상자를 올리고는 점잖게 인사를 한 후 넋두리를 하는 친족을 붙잡고 고인의 추억담을 시작했다. 실로 수재였고, 유능한 청년이었다고 두서없이 얘기하며 우는 그들을 붙들고 꽤 오랜 푸념을 들어준 끝에야 어렵게 얘기를 끄집어낼 수 있었다.

한 명은 츠바쿠로에서 암벽 등반을 하다가 추락해서 참사했고, 나머지 한 명은 수영을 하다가 익사했다고 한다. 그런데 이 두 사람의 가문은 대대로 가가다 집안에서 일을 해온 집안으로 옛 주인에게 폐를 끼칠 수는 없었는지, 중요한 부분에 대해서는 이야기를 흘려버려 아무리 노력해도 세세한 부분까지는 캐낼 수 없었다. 그나마 한 쪽 집안을 달래고 얼러서 그가 츠바쿠로에 간 것이 후지 아가씨 때문이라는 이야기를 듣는데 성공했다. 하지만 이것만으로는 아무런 단서도 되지 않았다. 오히려 나의 의구심을 더욱 깊게 만들 뿐이었다.

아무런 성과 없이 집으로 돌아온 나는 후지가 부르지 않는 것을 다행으로 여기며 침대 위에 누워 여러 가지 생각을 했다. 사실이 어찌됐든 후지의 가정교사가 갑작스레 죽었다는 것만

규방의 악마

은 이것으로 명확해졌다. 게다가 그중 한 사람은 후지가 함께 있을 때 죽었다. 우연의 일치 같기도 하고 그렇지 않은 것 같기도 하고 알쏭달쏭하다.

만약 두 사람 모두 후지에게 죽임을 당했다면 그건 무슨 이유에서였을까? 후지가 만약 나를 죽이려고 한다면 나의 경우 그 이유를 쉽게 찾을 수 있다. 나는 후지의 자존심에 큰 상처를 줬다. 그러니 그 복수를 당하는 것이다. 나는 2중의 실책을 범했다. 후지의 초대에 응하지 않았을 뿐만 아니라 그녀의 낭만주의도 완전히 무시해버렸다.

후지에게 있어서 나의 거절은 알다시피 그것은 거절이 아니었지만, 그것만으로도 결코 용서하기 힘든 일이었을 것이다. 내가 만약 그날 아침 정해진 시간에 종려나무 그늘에 앉아 있었다면 그녀의 낭만주의를 만족시키며 다소나마 정상참작의 여지는 있었을 텐데.

그날 아침 후지의 분노는 2중으로 무시된 마음에서 온 분노였을 것이다. 그런데도 난 그걸로 모자라 쓸데없는 짓을 하고 있다. '어젯밤 벨이 울린 것 같은데…'라는 말도 안 되는 놀림까지 더했다. 그 말은 내가 스스로에게 사형 선고를 내린 것과 마찬가지였다.

나의 경우는 이렇다. 그렇다면 나머지 두 사람을 나와 같은 이유에 갖다 맞추는 것은 억지일까? 아니면 그 외에 어떤 이유가 있을까? 그건 그렇다 치고 그 기이한 약속이 후지의 로망에 대한 참을 수 없는 동경이었다는 사실을 왜 난 처음부터 간파하지 못했을까. 그것만 일찍 눈치 챘더라면. 대단하신 집안의 바보 같은 딸의 변덕일 뿐이라고 치부해 좀 더 심도 있게 관찰하지 않은 것이 나의 실수였다. 이 점에 대해서 나는 마음속 깊이 안타깝게 생각하지만, 이제 와서 이런 성의를 표한다 해도 후지는 나를 용서해주지 않을 것이다.

9

다음날 아침 나는 눈앞이 아찔해질 정도로 가파른 절벽 끝에 서서 뒤에서 후지가 달려오기를 기다리고 있었다. 호락호락 후지에게 살해당하기 위해서가 아니라, 나날이 깊어지는 불안과 초조를 더 이상 견딜 수 없어서 어느 쪽이든 좋으니 확실한 것을 알고 싶어졌기 때문이다.

나의 정신은 더 이상의 공포와 의구심을 버텨낼 만한 힘이 없다. 최근 일주일 동안 사실을 알고 싶다는 갈망으로 나의 마음은 오그라드는 것 같았다. 이 목적을 달성하기 위해서는 내 몸을 직접 실험대에 올리는 것밖에 방법이 없다는 생각이 들었다.

나는 아슬아슬한 절벽 끝에 서서 기다렸다. 잠시 후 후지가 천천히 내 쪽으로 다가왔다. 이때 아래쪽 현수교에서 사람 목소리가 들려왔다.

후지가 나에게 말을 걸었다.

"계속 그런 곳에 서 있으면 위험해. 이제 그만 이리로 내려와."

10

이번 실험은 계곡보다 더 위험한 것이다. 나는 후지에게 사격연습을 권하고는 자진해서 쓰러진 표적을 일으키는 일을 맡겠다고 했다. 물론 조끼 밑에 방탄복을 입고 있지만 근거리에서 쏘거나 머리에 맞으면 아마 그 자리에서 바로 사망할 것이다.

너무도 무모한 방법이란 것은 나도 충분히 알고 있지만, 이미 나의 갈망은 다소의 위험 따위 두려워하지 않을 만큼 극에 달해 있었다. 내가 정신착란을 일으키기 일보 직전까지 와 있었다는 것은 이런 무모한 기획만 봐도 알 수 있을 것이다.

후지가 나를 죽일 생각이 있다면 오늘 같은 절호의 기회는 없다. 나는 표적 앞을 끊임없이 종종걸음으로 돌아다니며 불안한 인상을 주었다. 그곳에는 과실 치사를 증명할 수 있는 사람이 세 명이나 있었다. 후지는 내가 표적을 일으켜 세우는 작업을 끝내기 단 1초 전에 방아쇠를 당기기만 하면 된다. 그러나 후지는 끝내 나를 쏘지 않았다. 표적이 완전히 세워질 때까지 총구를 땅으로 향하고 있었다.

나는 방으로 돌아가 의자를 창가에 끌어다 앉았다. 후지가 나를 쏘지 않은 것은 나를 죽일 의지가 없어서일까? 그게 아니라면 좀 더 정교한 방법을 알고 있는 것이 아닐까.

후지에게 있어서 오늘 이상의 좋은 조건은 절대 없을 거라고 확신하고 있었는데. 그렇다면 후지가 계획하고 있는 것은 도대체 어떤 방법일까?

나는 미간에 깊은 주름을 새기며 내가 생각할 수 있는 모든 방법을 떠올려봤다. 그리고 결국 내가 그동안 상상도 하지 못한 방법에 이르자, 몰려오는 지독한 공포에 나도 모르게 비명을 지르며 의자에서 떨어졌다.

−독살!

후지가 자신이 먹는 닭이나 토끼 손질을 절대 남에게 맡기지 않고 스스로 한다는 것은 앞서도 말했다. 그리고 그녀의 살

귀여운 악마

육을 거드는 덕분에 나도 그 식사를 같이 얻어먹는 것은 이미 오랫동안 관례가 되어 있었다. 그러니 그녀가 마음만 먹는다면 어떤 방법이든 시도할 수 있을 것이다.

18세기 말 독일에서 츠윗이라는 공무원이 콜히친이란 약물을 주사한 오리 고기를 동료에게 보내 독살한 사례가 있었다. 이 사실은 츠윗이 임종 직전에 한 고백에 의해 판명되었다.

나는 두 명의 전임자의 사인만을 추리하다가 어느새 일방적인 생각에 쏠려 이 방법을 잊고 있었다. 사실 엉뚱하면서도 잔인함의 최고의 경지에 이른 후지가 자기 집에서 독살하는 어설픈 짓은 할 리가 없다고 막연하게 생각했던 것도 있었다.

하지만 나는 후지가 왜 신선 계곡의 절벽에서 나를 떠밀지 않았는지, 또 오늘 왜 나를 쏴 죽이지 않았는지 지금에서야 그 이유를 확실히 알았다. 총명한 후지가 똑같은 방식을 다시 선택할 이유는 없었던 것이다.

어느 날 갑자기 온실에서 후지가 상냥해졌던 사건에 대한 수수께끼도 이걸로 풀렸다.

즉, 나를 여기에 묶어 두기 위해서다. 아마 극소량의 아비산을 매일 조금씩 복용하게 만들어서 천천히 나를 죽이려는 것이리라. 정말 후지가 좋아할 만한 방법이다. 매일 아침마다 하는 곤충 사냥에서도 후지는 절대 한 번에 숨통을 끊는 법이 없다. 다리를 떼거나 한쪽 날개를 찢는 등 죽기 직전의 고통스러운 시간이 길면 길수록 마음에 드는 것이다.

나는 아비산의 과도한 장복에 의해 천천히 신진대사 기능이 망가지면서, 차츰차츰 사그라지듯 죽어갈 것이다.

11

늘로 딱 8일 목숨이 연장되었다. 의자에서 떨어진 날 이후 난 매일 건강진단을 받으러 갔다. 간이나 위장에서 나타나는 최초의 징후를 하루빨리 발견해 위험을 제거하기 위해서다.

나는 놀란 가슴을 안고 내과로 달려갔다. 온실 사건 이후부터 벌써 한 달이나 지났으니 만약에 그날부터 후지의 작업이 시작되었다면 나의 내장에는 당연히 중대한 변화가 일어나 있을 것이다. 하지만 정밀검사 결과 내 몸 어디에서도 그 어떤 이상 징후는 보이지 않았다. 즉 후지의 본격적인 공격은 아직 시작되지 않은 것이다.

의외의 결과이기도 하고 기대 이상의 행복이기도 했지만, 그렇다고 안심하고 있을 수는 없다. 이제 모든 것은 새로운 하루하루에 걸려 있다. 어제가 아니면 오늘, 오늘이 아니면 내일, 내일이 아니면…….

나 자신을, 이 아니라 오늘밤 먹은 닭고기 음식의 진단을 받기 위해 다음날 아침 병원으로 간다. 그리고 다음날은 토끼고기의 진단을 위해…….

박사는 나를 진찰하고 매일 이렇게 말한다.

"건강합니다. 아주 건강합니다."

세상에서 이 박사의 아니꼬운 말투만큼 짜증나는 것이 또 있을까. 건강합니다. 아주 건강합니다. 나는 매일 기다리고 있다. 매일 아침 새로운 기대를 안고 병원으로 달려간다. 오늘로 벌써 8일째다.

그건 그렇고 후지는 왜 아직도 시작하지 않는 것일까? 뭘 우물쭈물하고 있지? 이 느긋함을 참을 수 없다. 매일 아침마다 맛보아야 하는 어긋난 기대감에 나는 매우 초조해졌다. 주변에 있는 모든 것들을 파괴해버리고 싶은 기분이 들었다.

12

나는 연못 울타리에 걸터앉았다. 내 발밑으로는 꽃이 약간 피어 있고, 연못에는 하얀 구름과 함께 푸른 하늘의 모습이 비치고 있다. 나는 매일 머리를 식히러 이곳에 온다. 흥분을 가라앉히고 마음을 안정시키는 것이 요즘 나에게 있어 무엇보다 중요한 일이었기 때문이다.

나는 살랑살랑 불어오는 바람에 머리카락을 흩날리며 후지에 대해 생각했다. 후지는 오늘로 5일째 나와 사마귀 놀이를 하지 않는다. 토끼장의 살육도 곤충 사냥도 혼자서 하고 있다. 왜 이렇게 지독한 일을 하는 걸까? 나는 그 이유를 알 수 없다.

…키 작은 그릇장 옆에서 암컷 사마귀가 기어 나온다. 그 모습을 보고 수컷이 긴 의자 뒤로 도망간다. 암컷이 수컷을 쫓는다. 긴 다리로 수컷을 잡아채서 아작아작 먹기 시작한다. 앞다리가 사라졌다. 수컷은 남은 뒷다리로 도망가기 시작한다. 암컷이 바싹 붙어서 이번에는 엉덩이부터 아작아작 먹는다. 수컷의 몸이 점점 사라져간다. 점점, 점점…….

후지가 내 팔을 먹고 있을 때의 황홀함. 몸통을 갉아 먹을 때의 전율. 나에게는 그 무엇과도 바꿀 수 없는 즐거운 순간인데 후지는 벌써 5일이나 그 행복을 주지 않는다.

나는 발치에 피어 있는 아네모네 꽃을 만지작거리며 멍하니 생각에 잠겨 있다. 그리고 그 순간 인정하고 싶지 않은 잔인한 생각이 나를 괴롭게 만들었다.

암컷 사마귀가 수컷을 먹어버린 것은 화가 나서가 아니라 언제나 애정 때문이다.

그 두 사람은 후지에게 사랑받고 있었기 때문에 죽임을 당한 것이다. 그러나 나는 이렇게 살아 있다. 후지는 나를 죽일 생각이 없다. 죽일 만큼은 사랑하지 않는 것이다. 그 사실을 나는 처음으로 깨달았다.

두 사람은 먹어 치우더니 나에게는 흉내만 내줄 뿐이다. 후지가 나에게 이런 방법을 쓰다니 비겁하다. 잔인하다.

나는 연못가에 이마를 대고 울었다.

13

나에게 있어서 살해당한다는 것은 사랑을 확인받는 것이다. 살해당하는 것은 싫지만 후지가 만약 그 정도의 애정을 표현해 준다면 나는 목숨 따위 아깝지 않다.

아이가 과자를 조르듯 나는 매일 후지에게 조르러 간다.

저녁을 먹고 후지의 방에 들어가 보니 후지는 바닥에 책상다리를 하고 앉아 이발기계로 고양이의 털을 깎고 있다. 완전히 다 밀어버릴 생각인 것 같다.

나는 후지 옆에 누워 후지의 소매를 만지작거렸다.

40

"있잖아 후지, 아니 사마귀 씨. 그냥 단숨에 깔끔하게 처리해주지 않을래? 그렇게 당하면 너무 좋을 거 같은데."

후지는 콧속으로 들어가려는 고양이털을 입술을 삐죽 내밀어 후 불었다.

"또 시작이야. 왜 그렇게 죽고 싶어 해? 이상한 사람이야."

"나 지금 농담하는 거 아니야. 진지하다고. 흉내만 내지 말고 진짜 먹어줘."

"아, 귀찮아."

"귀찮아? 내가 정말 귀찮아? 토끼처럼 아니면 자고새처럼, 어떻게든 좋으니까 해줘. 못할 것도 없잖아."

후지는 오른손으로 고양이 목덜미를 잡은 채 내 쪽으로 고개를 돌려 밝은 미소를 지었다.

"그렇게까지 원한다면 목을 졸라줄까?"

나는 정색을 하며 반겼다.

"목을 조르든 뭐든 좋으니 해줘. 흉내만 내면 안돼. 진짜 졸라야 해."

후지는 고양이를 놔주고 내 쪽으로 돌아앉았다. 하지만 곧 마음이 변했는지 또 거절했다.

"됐어, 관둘래. 재미없어 그런 거. 그것보다 다락에 올라가서 그림 좀 갖다 줘. 제일 위에 있는 상자에 있을 거야."

나는 마지못해 후지의 곁을 떠나 지하에서 열쇠를 빌려 다락방으로 올라갔다.

후지가 말한 그림은 금방 찾을 수 있었다. 그것을 들고 방으로 돌아가려는 순간 문득 내 발길을 멈추게 하는 것이 있었다. 그것은 한 눈에 보기에도 튼튼해 보이는 밧줄로 굵직한 대들보에 수직으로 매달려 있었다.

나는 갑작스런 감정에 휩싸여 나도 모르게 소리를 질렀다.

"그래, 이거야!"

마치 하늘의 계시를 받은 것처럼 이 밧줄을 보자마자 나는 여태껏 나를 괴롭히던 많은 고민들에서 벗어날 수 있었다.

후지는 스스로 손을 더럽힐 필요가 없었다. 그저 암시를 통해 나를 최후의 함정으로 한 발 한 발 몰아넣기만 하면 되는 것이다. 아마 두 사람의 전임자가 죽은 것은 산이나 바다가 아니라 바로 이 대들보 아래였을 것이다. 그 두 사람도 역시 쫓기다 여기서 죽은 것이다. 내가 이렇게 대들보 아래에 서 있는데 그 두 사람이 여기에 서지 않았을 리가 없다. 왜냐하면 우리 세 사람은 후지라는 하나의 굴레로 묶여 있기 때문이다. 그렇다. 하나의 밧줄로.

드디어 후지는 나에게도 애정을 보여 주었다. 나는 밧줄 옆으로 다가가서 그것을 목에 걸어 보았다. 밧줄은 튼튼한

데다 탄력도 있었고 생각보다 부드러웠다. 나는 혼자 중얼
거렸다.

"이제야 확실히 죽을 수 있을 것 같군."

그 나무 문을 통해

야마모토 슈고로

☾ 야마모토 슈고로

야마나시현 출생. 본명은 시미즈 사토무. 그의 필명에는 에피소드가 있다. 그가 학교를 다닐 때 아는 사람의 소개로 한 전당포에서 지냈는데, 그 전당포 이름이 '야마모토 슈고로' 였다. 그는 그때 한 잡지사에 그의 작품을 보냈는데, 편집자가 주소를 이름으로 착각하고 잘못해서 야마모토 슈고로라는 필명으로 올라가게 된 것이다.

관동대지진 때 관서 지역으로 일시적으로 피난을 간 야마모토 슈고로는 당시의 체험을 토대로 〈스마데라(須磨寺)부근〉이란 작품을 써서 이름을 알리게 되었다. 그리고 이후 주로 서민들의 애환을 담은 대중적인 작품을 많이 쓰면서 서사소설 분야에 한 획을 그었다. 1943년 그는 〈일본귀국기〉라는 작품으로 나오키 상에 뽑혔지만 정중히 사퇴했다.

1967년 그가 사망한 후 야마모토 슈고로 상이 세워졌는데 이 상은 특히 판타지 소설이나 인간 심리를 묘사한 소설, 동성애의 사랑 등 정통적인 문학 이외의 다양한 대중적인 취향까지 고려한 작품을 많이 선정한다.

여기에 실린 단편은 '가미카쿠시' 라는 일본만의 고유한 정서적 미스터리와 함께 비밀과 공포를 담은 작품이다.

1

ㅎ라마츠 세시로가 일을 하고 있는데 젊은 무관이 들어왔다.

"히라마츠 씨, 다와라 씨가 찾으시는데요."

세시로가 아무 소리도 못 들은 것처럼 장부를 계속 들여다보고 있자, 젊은 무관이 옆으로 와서 같은 말을 전했다.

"뭐야, 내 얘기였나?"

세시로가 돌아보았다.

"히라마츠 씨라고. 아, 그렇지."

그가 쓴웃음을 지었다.

"내가 히라마츠였지. 알았어. 곧 간다고 전하게."

세시로는 쓰고 있던 붓을 내려두고 다와라의 방으로 갔다.

다와라는 세시로의 상관으로 서기에게 뭔가를 얘기하고 있었다. 그는 방문을 열고 들어오는 세시로를 보고는 서기를 내보내고 세시로에게 앉으라는 손짓을 했다.

"자네는 나에게 분명 에도 쪽에서 있었던 일들은 모두 깨끗이 정리했다고 말했었지."

다와라가 물었다.

"네, 그렇습니다."

"카지마 집안과의 혼담 얘기가 오가기 시작했을 때였어. 기억하고 있나?"

"네, 기억합니다."

"나는 그간 자네의 행실을 알고 있기 때문에 확인을 하고 다짐을 받았네. 혹시 에도 쪽에 아직도 연이 끊이지 않은 여자가 있는 건 아닌지, 있으면 솔직히 있다고 말하는 게 좋다고 그랬지?"

세시로가 끄덕였다. 그의 얼굴에 살짝 불안한 기색이 보였지만, 그것은 이내 사라지고 당당한 표정으로 바뀌었다.

"네, 분명히 그렇게 말씀하셨습니다."

다와라의 한쪽 입술이 씰룩거리는 것이 불만스러운 표정이다.

"그럼 묻겠는데, 지금 자네 집에 있는 여자는 자네와 어떤 관계인가?"

"저의 집에 말입니까?"

세시로가 침을 꿀꺽 삼켰다.

"저희 집에 여자는 없는데요."

"있으니까 묻는 거 아닌가."

"분명 뭔가 착오가 있을 겁니다."

그의 목소리가 살짝 떨렸다.

"아시는 바와 같이 저는 이번 회계감사 작업으로 삼 일 전부터 이 성 안에 있었습니다. 때문에 제가 없는 동안에 무슨 일이 있었는지는 모르겠지만, 삼 일 전 집을 나올 때까지는……."

"자네 집에 여자가 있어."

다와라가 낮은 목소리로 그의 말을 잘랐다.

"게다가 그걸 카지마 집안의 따님이 보고 왔단 말이다."

세시로가 입을 떡 벌렸다.

"도모에 씨가 말입니까?"

"도모에 양은 어제 자네가 쉬는 날인 줄 알고 자네 집에 갔었어."

다와라는 다시 한 번 입술을 씰룩거렸다.

"직접 가꾸던 모란을 가져갔는데, 자네가 성안에서 일하고 있다는 얘기를 듣고는 항아리 하나를 내오게 해서 꽃꽂이를

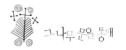

해놓고 돌아갔다는군. 그런데 그때 모르는 아가씨가 있기에, 자네 집 하인 요시즈카를 불러서 누구냐고 물었더니 그가 매우 당혹스러워했다는 거야. 그리고는 횡설수설하며 설명하기를 자네를 만나러 온 사람인데 어디서 왔는지, 자기가 누구인지 말하지도 않는 데다가 자기도 한 번도 본 적이 없는 사람이라고 했다는군."

세시로의 목에서 꿀꺽하는 소리가 났다. 그의 얼굴에는 당황한 기색이 역력했다.

"그럴 리가 없습니다. 뭔가 착오가 있었을 겁니다. 그런 여자는 저도 전혀 짐작 가는 바가 없으니 집으로 가자마자 곧……."

다와라가 또 다시 세시로의 말을 잘랐다.

"지금 카지마 집안에서 엄중한 항의가 들어오고 있어. 만약 그 여인이 자네와 지저분한 연이 있는 거라면 혼담은 모두 중지될 터이니 그리 알게."

"그런 일은 없습니다. 일이 끝나는 대로 성을 내려가서 어떤 놈이 왜 그런 짓을 했는지 알아본 뒤 바로 보고 올리겠습니다."

"됐으니 그만 나가 봐."

다와라가 말했다.

감사는 다음날이 돼서야 끝났다. 하루하고 반나절이라는 시간이 세시로에게는 안타까울 정도로 길게, 한편으로는 너무나도 짧게 느껴졌다. 빨리 사실을 확인하고 싶은 기분과 사실에 직면하는 순간을 미루고 싶다는 상반된 기분이 그를 괴롭혔다.

'확실히 내가 모범적인 인간은 아니지.'

세시는 스스로에 대해 좋게 말하자면 풍류를 즐기는 도락가에 속할지도 모른다고 생각했다. 하지만 진짜 도락가는 아니다. 잘못을 범한 후에는 두 번 다시 그런 짓을 하지 않겠다고 스스로 다짐할 정도의 양심은 있다. 남들이 믿어줄지 모르겠지만 여자와 헤어질 때에도 비겁하거나 야박하게 구는 일은 없었다. 헤어질 때에는 할 수 있는 한 깔끔하고 깨끗하게 끝냈다.

'정말 그럴까? 그렇지 않은 적이 한 번도 없었을까? 정말?'

세시로는 생각에 잠겼다. 그리고는 확신없는 눈으로 '아니'라고 마음속으로 중얼거렸다. 그렇다면 지금 내 집에 와 있는 여자는 뭐란 말인가.

'그 여자는 누군가. 무슨 사연이 있는 여자인가. 너의 무엇이냐!'

이렇게 추궁하는 다와라의 목소리가 귓속에서 쩌렁쩌렁 울리는 것 같았다.

"히라마츠 씨."

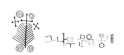
그 나무 문을 통해

회계 쪽 관리가 와서 말을 걸었다.

"이쪽의 서류정리는 다 끝난 겁니까?"

"히라… 아, 그렇지."

세시로는 문득 정신이 들었는지 고개를 저었다.

"그건 아직 끝나지 않았어. 조금 더 기다리게."

노가미라는 이름의 그의 부하가 작은 목소리로 물었다.

"무슨 걱정거리라도 있으십니까?"

세시로가 대답 대신 웃음을 지어보였다.

"그럼 다행이지만."

노가미가 말했다.

"집으로 내려가시면 이시가키 마을의 연회장에서 기다리겠다는 무라다 씨의 전언입니다."

회계감사가 끝나면 언제나 노고를 치하하기 위한 연회를 여는 것이 관례였다. 세시로가 감사일을 맡은 지 3년, 작년에도 이시가키 마을에서 연회가 있었고, 그는 그 자리에서 에도에서 배운 기예를 뽐내고 박수갈채를 받았다. 올해는 회계 관리 책임자가 무라다라는 인물로 바뀌었다. 그 자는 워낙에 깐깐한 성격으로 소문이 자자한 인물인데다 오늘은 그럴 때도 아니라는 생각에 세시로는 그 제안을 거절했다.

"안 된다니, 어째서입니까?"

노가미가 다시 물었다.

"어째서라니 무슨 뜻인가?"

세시로는 자신도 모르게 목소리를 높였다.

"내가 자네에게 이유라도 설명해야 한단 말인가?"

노가미는 변명을 몇 마디 늘어놓고는 서둘러 나갔다.

모든 일이 완전히 끝난 것은 오후 5시, 그는 상사에게 보고를 끝내자마자 그 길로 바로 자기 집으로 돌아갔다.

2

다와라가 말한 대로 집에는 여자가 있었다. 세시로는 여자와 만나기 전에 우선 집안의 모든 일을 맡아 보고 있는 요시즈카를 불러 자세한 이야기를 물었다.

"삼 일 전의 일이었습니다. 문지기 우치무라가 와서는 어르신을 만나고 싶다고 어떤 아가씨가 찾아왔다고 하는데, 저도 순간 가슴이 철렁했습니다."

지금 세시로의 집에서 일하고 있는 세 명의 가신과 허드레꾼, 급사들은 모두 이 지역 사람들이고 요시즈카와 그의 아내인 무라는 에도에서 따라왔다. 세시로의 아버지 이와이 가게유는 영주의 바로 곁에서 일을 보필하는 직책으로 지금은 에

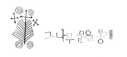
그 나무 문을 통해

도에 머물고 있다. 요시즈카는 선대 때부터 이와이 집안에서 일해오던 자로 세시로가 이곳으로 올 때 아버지가 일부러 딸려 보내 주었다. 그러니 세시로의 모든 것을 보고 지내온 요시즈카가 그를 만나러 여자가 찾아왔다는 얘기에 놀라는 것도 무리는 아니다.

"인사를 하러 나갔더니 전혀 본 적이 없는 분이 서 있었습니다. 그래서 저는 주인님이 일 때문에 삼 일 동안 성에서 돌아오지 못한다고 말씀드렸습니다."

요시즈카가 계속해서 이야기를 한다.

"전하실 말이 있으면 전해드리겠습니다, 어디의 누구십니까라고 물었더니 그저 조용히 서 있을 뿐 아무 대답이 없었습니다."

여자의 머리모양이나 옷차림은 좋은 가문의 사람 같아보였지만, 옷은 먼지투성이에 군데군데 찢어져 있었고, 머리도 흐트러진 채 얼굴과 손발에 먼지가 붙어 있었다.

"무슨 용무로 온 건지, 집이 어딘지 계속 물어보았지만, 그저 히라마츠 세시로 씨와 만나고 싶다고만 얘기하더니 비틀비틀거리며 그 자리에서 쓰러져버렸습니다."

"대문에서 말인가?"

"네."

결국 요시즈카는 그녀를 안고 집으로 들어와 아내인 무라에게 돌보게 했다. 그녀는 굶주림과 극심한 피로로 쓰러진 듯, 정신이 드는 것을 기다렸다가 목욕을 시키고 식사는 어떻게 하겠냐고 물으니 조용히 끄덕이는 모습이 그녀가 얼마나 시장했는지를 짐작케 했다. 식사 후 잠깐 쉬게 하면 자세한 사정을 알 수 있을 거라는 무라의 말에 요시즈카는 그 여인을 아내에게 맡겼다.

"그 아가씨는 식사 후에 두어 시간 정도 잔 것 같습니다."

요시즈카의 이야기는 계속 됐다.

"잠에서 깨어나 세안을 시키고 경대 앞에 앉혔지만 스스로는 아무 것도 하려고 하지 않기에 아내가 머리를 빗겨주면서 이것저것 물어봤다고 합니다."

하지만 여자는 '세시로 씨와 만나고 싶다'라고 말한 것 외에 아무 것도 기억하지 못했다. 자신의 집이 어딘지, 자신의 이름조차 몰랐다. 물론 세시로와 만나려고 하는 이유조차 모른다는 것이었다.

"이상한 이야기야. 뭔가 수상해."

세시로가 말했다.

"어딘가 찜찜한 구석이 있어. 분명 뭔가 있다고."

요시즈카는 아무 말도 하지 않았다.

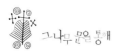

"그런데 도모에 씨가 와서 그 여자를 봤다고 하는데, 그때 그 아가씨는 어디에 있었나?"

"정원을 걷고 있던 것 같습니다."

요시즈카가 답했다.

"말씀드린 이유로 쫓아낼 수도 없었습니다. 주인님이 돌아오시면 혹시 아시지 않을까 싶어서."

세시로는 손을 들어 말을 막았다.

"그건 됐네. 그건 상관없지만, 이 일을 우습게 봤다가는 말도 안 되는 사단이 일어날지도 모르겠군."

"어쨌든."

요시즈카가 말했다.

"한 번 만나보시는 게 어떻겠습니까?"

여자를 안내했다는 얘기를 듣고 세시로는 약 삼십분 쯤 후에 그녀를 보러 갔다. 그는 방으로 들어가기 전에 문틈으로 살짝 안을 들여다보았다. 분명 기억에 없는 얼굴이었다.

'누군가의 장난인가? 이건 분명 함정이야.'

이렇게 생각한 세시로는 그런 어설픈 장난에 놀아나지 않겠다는 표정으로 의기양양하게 방으로 들어섰다. 여자는 열여덟아홉 정도로 보였다. 볼록한 얼굴에 턱이 뾰족하고 눈도 입도 작고, 콧등이 약간 낮았다. 체구도 작은 편인 것 같고 어깨도

둥글고 아담했다. 무라의 것을 빌렸는지 수수한 쥐색 옷에 검은 띠를 매고 머리에는 옻칠을 한 장식을 꽂고 있었다. 세시로가 관찰하고 있는 동안 여자는 눈을 내리깐 채 조용히 앉아 있었다.

"제가 히라마츠 세시로입니다."

그는 격식을 차린 딱딱한 말투로 말했다.

"무슨 용건이십니까?"

여자가 눈을 들어 그를 보았다. 그는 그녀의 눈을 강하게 응시했다. 여자의 작은 눈이 멍해지고 작은 입술이 떨리는가 싶더니 무릎 위로 양손을 꽉 움켜쥐면서 고개를 숙였다.

"나는 당신을 모릅니다. 당신은 절 아십니까?"

여자는 고개를 숙인 채 천천히 고개를 저었다.

"내가 당신을 모르고, 당신이 나를 모르는데."

그는 주저없이 얘기했다.

"어째서 이곳을 찾아왔습니까?"

3

여자는 고개를 숙인 채 작은 목소리로 자신도 그 이유를 모르겠다고 대답했다. 세시로는 여자를 바라보았다.

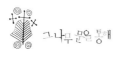

연극을 해도 소용없다. 이런 어린아이 같은 장난에 걸릴 만큼 어리석지는 않다. 사람 잘못 봤다고 마음속으로 코웃음을 치면서 세시로는 여자가 울음을 터트릴 것이라 생각했지만 그녀는 울지 않았다.

"어떻게 된 영문일까요."

여자는 차분한 말투로 말했다.

"히라마츠 세시로라는 이름 외에는 아무 것도 기억하지 못합니다. 제가 어디에서 왔는지, 이름이 뭔지, 어째서 이곳에 왔는지도. 마치 무언가에 홀려 꿈이라도 꾸고 있는 듯한 기분이에요."

"그렇다면 저도 어쩔 수가 없군요."

세시로는 냉담하게 말했다.

"다른 사람과 약속이 있어서 이만 실례하겠습니다."

그리고 그는 일어섰다.

"어찌 되었습니까?"

요시즈카가 물었다.

"나도 모르겠네. 무슨 숨겨진 사정이나 이유가 있는 건 분명한데 그게 어떤 음모인지 알 수가 없군. 어쨌든 상관하지 않는 편이 좋을 것 같으니 곧 집에서 쫓아내게. 나는 다와라 씨 댁에 다녀오겠네."

그리고는 집을 나와 다와라 집을 향했다.

"말씀 드린 대로입니다."

세시로가 의기양양하게 말했다.

"제가 전혀 모르는 여자이고, 여자 역시 저를 모릅니다. 저와 아무 관계없는 사람입니다."

"그렇다면 다행이지만."

다와라는 의심쩍다는 듯 그를 바라보았다.

"여자 쪽에서도 자네를 모른다고?"

"네, 본인이 그렇게 말했습니다."

"그거 참 이상하지 않은가. 모르는 여자가 모르는 자네에게 무슨 용무가 있어서 왔을까?"

"그것도 모른다고 합니다."

세시로는 사정을 말했다. 그러나 이야기의 앞뒤가 맞지 않아서인지 다와라는 좀처럼 납득하지 못했다. 그래서 세시로는 분명 누군가의 장난이거나 함정인 것 같다고 말했다.

세시로는 이와이 가게유의 셋째로 태어나 스물다섯 살까지 부모 집에서 지냈다. 그러다 망한 가문 히라마츠 집안을 다시 일으킬 당주로 그가 뽑히게 된 것이다. 히라마츠는 원래 명문 집안으로 예전에는 녹봉으로 곡식 9백 석을 받았으나, 그가 히라마츠 집안으로 다시 일으키면서 받게 된 녹봉은 그 절반인 4

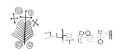

백5십. 그러나 공석이 생기면 다시 올라가기로 얘기가 된 상태였다.

"저와 명문 가문인 카지마 집안의 따님과 혼담 얘기까지 오가고 있으니 저에게 불만이나 질투심을 가진 자겠지요."

세시로가 말했다.

"혹시 제가 에도에 있을 때의 소문을 알고 있고, 누군가 혼담을 깨뜨리려고……."

"바보 같은 소리."

다와라가 그의 말을 가로막았다.

"어찌 무사가 그런 비열한 짓을 할 수가 있단 말인가. 그런 상상을 한 자네 스스로를 부끄러워해야 할 게야."

가재는 게 편인가, 세시로는 마음속으로 생각했다.

"죄송합니다. 제가 생각이 짧았습니다."

그가 말했다.

"그리고 여자는 곧 내보내도록 명했으니, 넓은 아량으로 이해해 주시기 바랍니다."

"기억하도록 하지."

다와라는 옛날부터 세시로의 아버지와 친분이 있었다. 그래서 그가 에도에서 이곳으로 올 때 아버지의 부탁으로 그의 감시자 역할을 맡게 된 것이다. 세시로는 감히 꿈도 꾸지 못할 명문 가문인 카지마의 딸과 혼담 얘기가 나오게 된 것도 다와라가 중간에서 열심히 움직여준 탓인 것 같았다. 세시로 역시 카지마의 딸 도모에가 꽤 마음에 들어 그가 신분이 낮은 집안의 여인이라 할지라도 꼭 아내로 맞이하고 싶었다. 그래서 항상 다와라에게 감사한 마음을 갖고 있었는데, 이번 일로 그 마음이 조금 시들해졌다.

성안에서 불려갔을 때의 태도도 차가웠고, 오늘은 그의 면전에 대고 '스스로를 부끄러워해야 할 게야'라고까지 말했다. 그로서는 웃는 얼굴에 물 한 바가지를 뒤집어 쓴 형국이니 화가 치밀어 오르지 않을 수 없었다.

"나라의 봉을 받는 무사들은 모두 성인군자라니, 이 얼마나 오만한 얘기란 말인가."

밖으로 나온 세시로가 한탄했다.

"나를 시기해서가 아니라면 어찌 그런 일이 일어날 수 있단 말이지? 에도에서였다면 벌써 한 대 쳤을 걸. 시골 사람들은 이렇게 배포가 작아서야 원."

세시로는 한숨을 내뱉었다. 그리고 문득 자신이 공복이라는 것을 깨달았다.

"좋아. 이렇게 된 거 연회에나 가볼까."

마침 연회의 분위기도 한창 무르익었을 시간이다. 그곳에

가서 오랜만에 미친 듯이 술이나 마셔야겠다는 생각에 그는 발길을 서둘렀다.

세시로는 술을 실컷 마시고 고주망태가 되어 노래도 부르고 춤도 췄다. 그리고는 마치 그 안에 자신의 적이라도 있는 것처럼 잔뜩 호기를 부리며 난동을 피웠다. 결국 그는 사람들에게 업혀 집에까지 왔는데 정작 자신은 아무 것도 기억하지 못했다.

다음날 아침 눈을 떠보니 창밖에 비가 내리고 있었다. 삼 일간은 연회 때문에 업무가 없는 걸 다행으로 여기며 그는 조금 더 자야겠다고 생각했다. 전날에 먹은 술 탓인지 그는 갈증이 나서 물을 마셨다. 아무 생각 없이 물을 마시던 그의 멍한 시선이 갑자기 뭔가를 떠올린 듯 멈칫했다.

"그래, 그러면 될 것을. 그럼 무슨 꿍꿍이인지 알 수 있을 거야."

혼자 중얼거리던 세시로는 자리에서 벌떡 일어나 요시즈카의 방으로 갔다.

"그 여자는 어떻게 했나? 쫓아냈나?"

요시즈카는 찻잔을 내려놓았다.

"그게, 저기."

말을 머뭇거렸다.

"아직 찢어진 옷 수선이 안 끝나서……."

"좋아, 그걸로 됐어. 차라리 잘 됐어. 내게 생각이 있으니 여자를 쫓아내는 건 저녁에 하게. 어느 놈의 짓인지 내가 꼭 밝혀 주지."

의아해 하는 요시즈카에게 그는 뭐라고 소곤거리고는 다시 침실로 돌아가 누웠다. 세시로는 점심이 되기 조금 전에 일어나 식사를 하고 다시 침실에 들어갔다. 5일 동안 누적된 피로도 쌓여 있었고, 지금부터 자신이 할 일에 대하여 충분히 검토해 두고 싶었기 때문이었다. 하지만 그는 어느새 잠이 들었고, 요시즈카가 깨워서 일어난 것이 오후 세시가 조금 넘은 시각이었다.

일어나서 보니 빗줄기는 더욱 굵어져 맹렬히 퍼붓고 있었다. 요시즈카는 시무룩한 얼굴로 여자가 진짜 갈 곳이 없는 것 같다며 아무래도 내쫓는 게 꺼림칙하다고 했다. 만약 세시로만 허락한다면 자기들 부부가 잠시 동안 보살펴 주고 싶다는 것이다.

"안돼. 그게 바로 그들의 계략이야."

그는 고개를 저었다.

"그런 짓을 했다가는 괜히 다와라 씨의 의심만 사고 카지마 집안과의 혼담도 깨져버릴 거야. 자네는 그저 내가 시키는 대

로 하게."

요시즈카는 이해할 수 없다는 표정으로 세시로에게 말했다.

"말씀하신 대로 우비와 우산을 챙겨두었습니다."

세시로는 우비와 우산을 챙겨 입고 집에서 1킬로미터 정도 떨어진 네거리에 서 있었다. 봄기운이 완연히 느껴지는 3월 하순이기 때문에 춥지는 않았다. 작은 칼 한 자루를 칼집에 넣고, 곁눈질로 자신의 집 쪽을 살펴보고 있으니 잠시 후 문 밖으로 여자가 나왔다.

"비도 딱 좋은 때 내려주는군."

그가 중얼거렸다.

"이런 비 속에서는 연극도 그리 오래 가지는 못하겠지. 어디 시작해 볼까."

요시즈카 아내의 배려인가. 여자는 우비 위에 작은 꾸러미를 둘러 묶고 우산을 쓰고 있었다. 문에서 나오자 잠시 좌우를 살피더니 바로 이쪽으로 걸어왔다. 세시로는 그녀가 네거리를 지나치는 것을 기다렸다 잠시 후 약간 거리를 두고 뒤를 쫓았다.

여자는 성의 정면 입구를 왼쪽으로 돌아 그대로 마을을 벗어나 큰 길 쪽으로 들어섰다. 서두르는 기색도 없고 멈추어 서지도 않았다. 좌우를 둘러보거나 뒤를 돌아보는 일도 없었다.

똑같은 걸음걸이로 눈에 보이지 않는 무언가에 이끌려가듯 앞을 향해 걸었다. 강을 건너고 논밭을 지나면서 주위는 석양에 물들기 시작했다.

아침부터 계속 내리는 비에 왕래하는 사람도 거의 없었다. 가끔씩 소를 끌고 지나가는 농부를 볼 수 있었지만, 여자는 그것도 눈에 들어오지 않는지 점점 어두워지는 빗길을 계속 걸었다.

세시로는 머리를 갸우뚱거렸다.

'혹시 내가 따라가고 있다는 것을 눈치 챈 걸까? 아니, 그렇지는 않을 거야. 그랬다면 분명 행동에서 티가 났겠지. 그렇다면 진짜 아무 것도 기억하지 못한다는 거야?'

그는 삿갓의 끈을 다시 조였다.

"아니야, 잠깐."

그는 자신에게 말했다.

"조금 더 지켜보자."

4

한 참을 걷던 여자는 큰길가 옆에 있는 관음당이라는 절에 들어갔다. 소나무가 대여섯 그루, 묘비 같은 것이 3

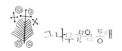

개 서 있을 뿐 당지기도 없는 작은 절이었지만, 그래도 툇마루에 오르니 비는 피할 수 있었다.

세시로는 여자가 지붕 아래로 들어가 우산을 접는 것을 보고 일부러 지나쳐갔다가 다시 돌아왔다. 그리고 여자에게 들키지 않도록 뒤로 돌아가 그 역시 지붕 밑으로 들어가 비를 피했다.

"비 한번 지겹게도 내리네."

그는 몸을 부르르 떨면서 중얼거렸다.

"언제쯤 그치려나. 이러다 이거 다 망치는 거 아냐."

아까는 고마운 비라고 생각했지만, 일은 전혀 진전되지 않고, 석양과 함께 기온도 내려가면서 그의 마음까지 무거워져 모든 의욕이 사라질 것 같았다. 여자는 무엇을 하고 있는 걸까? 그는 발소리를 죽여가며 천천히 앞쪽으로 돌아갔다. 그리고 삿갓을 벗고 슬쩍 여자의 모습을 엿보았다. 여자는 툇마루에 앉아 양 팔꿈치를 무릎에 두고 얼굴을 손으로 가리고 있었다. 잘 보니 몸이 조금씩 떨리면서 희미하게 '어머니'라고 말하는 것이 들렸다. 그녀는 울고 있었다. 들릴 듯 말듯 한 작은 소리였지만 절망적인 흐느낌으로 그녀는 분명 울고 있었다.

'이것도 연기일까?'

이렇게까지 연기를 계속할 수 있을까. 스스로에게 이렇게 물으면서 세시로는 위 언저리에 날카로운 통증이 느껴졌다.

"어머니."

흐느껴 우는 여자의 목소리가 들렸다.

세시로는 삿갓을 쓰고 끈을 묶었다. 그때 길 쪽에서 남자들의 목소리가 들리더니 어두워진 석양의 빗속에서 두 남자가 이쪽을 보고 멈춰 섰다. 세시로는 재빨리 뒤쪽으로 물러났다. 두 사람은 이쪽을 향해 다가왔다.

'동료일까?'

여자와 한 패인가 생각하며 바라보고 있으니 남자들이 여자에게 말을 거는 소리가 들렸다. 둘 다 술에 취해 있는 것 같았고, 말투로 보니 마부나 가마꾼 같았다.

"거, 예쁜 언니가 무슨 일이야?"

한 사내가 말했다.

"여행객 차림으로 이런 곳에 멍하니 있다니. 누구 기다리는 사람이라도 있나?"

또 다른 사람이 말했다.

"뭐라고? 이봐, 아가씨. 무슨 소린지 알아들을 수가 없잖아. 더 크게 말해봐."

그러고 나서 잠시 사이를 두고 계속해서 말소리가 들려왔다.

"뭐야, 당신 가출한 거야?"

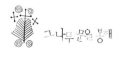

"여자 혼자서 이러고 있으면 위험해."

"우리가 좋은 곳으로 안내해 줄게."

여자의 말은 하나도 들리지 않았지만, 이러다 두 사람에게 끌려갈 것 같아서 결국 세시로가 앞으로 나섰다. 우의를 뒤집어쓴 남자들은 한 사람이 여자의 팔을 잡고 다른 한 사람이 우산을 들고 있었다.

"잠깐. 그 손 놓고 얘기하지. 그 사람은 내 일행이야."

세시로가 말을 걸었다.

"앗, 깜짝이야!"

남자들은 펄쩍 뛰어 올랐다.

"네 녀석들은 뭐 하는 놈들이냐."

"그러는 네 놈이야말로 뭐하는 놈이냐."

우산을 든 남자가 소리치며 말했다.

"그 여자는 내 일행이다."

"웃기고 있네."

여자의 손을 잡은 남자가 큰소리로 되받아쳤다.

"일행이라면서 이렇게 내버려뒀다고? 어디서 튀어나와서는, 이 여자를 유괴라도 하려는 거 아냐?"

"그래, 저 자식은 분명 그럴 속셈인 거야."

우산을 가진 남자가 말했다.

"아가씨, 이 남자 알아?"

여자는 옆쪽을 바라본 채로 살짝 고개를 저었다.

"나일세."

세시로가 말을 걸었다.

"히라마츠 세시로. 잊어버렸나?"

"수작부리지 마. 아가씨는 모른다고 하잖아."

우산을 든 남자가 가로막았다.

"우리는 대감님들의 가마꾼으로 나는 겐지, 이쪽은 로쿠사. 이 근방에서는 우리 이름만 대도 다들 벌벌 떠는 형님들이니 허튼짓하다가는 재미없을 줄 알아."

"그런가. 가마꾼들이군."

세시로가 삿갓을 벗었다.

"그렇다면 이 얼굴을 기억하고 있겠지. 나는 세키바타에 사는 히라마츠 세시로다."

순간 두 남자가 입을 다물었다. 석양의 희미한 빛이었지만 세시로의 얼굴 정도는 판별할 수 있었다. 로쿠사라는 남자가 먼저 잡고 있던 여자의 손을 놓으며 "나리다."라고 중얼거렸다.

"어이, 겐지. 안돼."

로쿠사가 당황한 목소리로 손을 저으며 말했다.

"세키바타의 히라마츠 님이야. 어떻게 이런 말도 안 되는

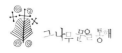
그 나무 문을 통해

69

일이.”

“자네가 아는 사람이야?”

“우리의 뒤를 봐주시는 나리야.”

로쿠사는 또 다시 손을 내저으며 세시로를 향해 인사를 했다.

“정말 죄송합니다. 죽을 죄를 졌습니다. 옷차림이 바뀌어서 미처 알아 뵙지 못했습니다. 이봐, 겐지, 자네도 빨리 사과드리게.”

“아니, 알았으면 됐네.”

세시로가 고개를 끄덕였다.

“이 근방에서 유명한 형님들에게 사과를 하게 해서는 큰 실례지.”

“죄송합니다. 제가 어찌 나리 앞에서 그렇게 건방진 소리를. 부디 용서해 주십시오.”

로쿠사는 머리에 손을 얹고 인사를 했다.

“그런데 왜?”

겐지가 아직도 의심스럽다는 표정으로 말했다.

“어째서 나리의 일행이 나리를 모른다고 말하는 겁니까?”

“그건 나도 모르겠네. 이 여자에게는 약간 복잡한 사정이 있어서 그걸 다 설명할 수는 없지만, 내가 유괴범이 아니란 것만은 증명할 수 있을 걸세.”

세시로는 여자 쪽으로 다가갔다.

"어째서 나를 모른다고 한 것이냐."

그가 여자에게 물었다.

"내가 히라마츠 세시로라는 사실을 잊은 게냐?"

여자는 고개를 숙인 채 대답을 하지 않았다.

"정말 나를 모르는가?"

"저는……."

여자가 낮은 목소리로 말을 꺼냈다.

"제가 있으면 히라마츠 님께 폐가 된다고 들어서……."

끊길 듯 말 듯한 작은 목소리였다. 요시즈카가 그렇게 얘기했을 것이다. 그녀가 있으면 카지마 집안과의 혼담에 문제가 생긴다. 그런 얘기로 그녀를 납득시켰을 것이다. 세시로는 고개를 들고 깊은 한숨을 내쉬었다.

"그 이야기는 나중에 하기로 하지."

그는 감정을 억누르며 말했다.

"같이 집으로 돌아가지. 내가 이렇게 부탁하네. 같이 돌아가주게."

그녀는 대답을 하지 않았다.

"나리가 말씀하시는 대로 하시는 게 좋습니다."

로쿠사가 여자에게 말했다.

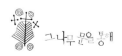
그 나무 문을 통해

"이렇게 비도 많이 오고, 이런 데서 어슬렁거리다가는 끔찍한 일을 당할지도 모릅니다."

5

그런 일이 있은 지 일주일 후 세시로는 다와라의 집으로 불려갔다.

다와라의 얘기는 예상했던 대로 그 여자의 일이었다. 세시로는 사정을 설명하고 요시즈카 부부의 희망대로 둘이서 맡아서 보살피게 했다고 대답했다. 그의 말을 조용히 언짢은 표정으로 듣고 있던 다와라는 복도 너머 정원 쪽을 내다보며 말했다.

"그게 자네의 변명인가?"

"사실을 말씀드리는 겁니다."

"자네에 대한 소문은 이미 떠들썩하게 퍼져 있네. 카지만 집안에는 어떻게 얘기할 생각인가?"

"이건 저의 개인적인 일로 카지마 집안과는 아무런 관계도 없습니다. 따라서 딱히 이해를 구하거나 변명을 해야 할 이유는 없다고 생각합니다. 그 여자는 자기 집도 몰라 갈 곳도 없으며 자신의 이름조차 기억하지 못합니다."

"그건 이미 들었네."

"추적추적 내리는 비 속에, 사방에 어둠이, 조그만 불당에 앉아…."

그는 빠른 어조로 말했다.

"당장 묵을 곳도 없어서 울면서 어머니를 부르는 모습을 보았다면, 어르신 역시 모르는 척 할 수는 없었을 겁니다."

"카지마 댁에서 불만의 소식을 전해왔다."

다와라는 다시 정원을 바라보았다.

"그 여자가 자네와 아무런 인연도 없다면, 더군다나 그런 여자 때문에 중요한 혼담을 망칠 수는 없어. 다시 한번 내가 중재할 테니 여자를 바로 집에서 쫓아내도록 하게."

세시로는 얼굴을 들고 말했다.

"저는 그 여자를 쫓아낼 수 없습니다."

"그렇게 단번에 거절하겠다?"

"저는 할 수 없습니다. 이유는 저도 모르겠지만 어쨌든 저를 보기 위해 왔고, 저 외에는 의지할 사람이 없는 사람이니까요."

다와라는 잠시 생각을 하더니 말했다.

"그럼 카지마 집안과의 얘기는 없던 걸로 하지."

"어쩔 수 없지요. 이만큼의 사정을 듣고도 이해하지 못한다

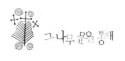

면, 저로서도 더는 어찌할 수 없을 것 같습니다."

"알았네. 됐으니 그만 가보게."

세시로는 다와라 집을 떠났다.

그는 자신이 옳다고 자신하는 것은 아니다. 세간 사람들 눈에는 약혼자도 있는 사람이 정체도 알 수 없는 여자를 집에 둔다고 비난할지도 모른다. 그러나 이번 경우에는 사정이 다르다. 상황의 특수함을 이해하려고 하지 않고, 그저 남의 이목만 신경 쓴다면 그 사람들이야말로 비난 받아야 된다고 세시로는 생각했다.

"좋은 가문의 여자를 얻는 게 뭐가 그리 대수란 말인가. 아내의 뒷배경을 이용해 출세하는 게 더 우스운 얘기지. 그런 출세 따위 누가 고마워할 줄 알고."

그의 머릿속에 각인된 아름답고 현명해 보이는 도모에의 모습을 지워버리려는 듯 세시로는 얼굴을 찡그리며 머리를 강하게 흔들었다.

무라는 여자에게 후사라는 이름을 붙여주었다. 에도에서 결혼을 한 자신의 딸의 이름인데, 성격도 좋고 결혼 후에도 행복하게 지내고 있기 때문에 자신의 딸처럼 행복해지길 바라는 마음에 붙였다고 한다. 요시즈카 부부에게는 또 다른 자식도 있고 손자도 있지만, 그들이 에도에서 살다보니 이들 부부에게는 여자를 보살피는 게 하나의 즐거움 같았다.

무라는 가여운 후사를 위해 그녀를 돌보면서 어떻게든 기억을 떠올리게 하려고 여러 가지 시도를 해보았다. 몇 명의 의사에게 진찰을 받기도 하고, 시노야마 폭포라고 만병을 고칠 수 있다는 폭포에 가서 폭포수도 맞아봤지만 그녀의 기억은 돌아오지 않았다.

"이게 사람들이 말하는 가미카쿠시 아닐까요? 갑자기 사람들이 사라지거나 신이 어딘가에 숨겨버렸다고도 하는."

어느 날 요시즈카가 말했다.

"불과 몇년 전의 이야기인데, 에도에서 어떤 사람이 며칠은 걸려야 도착할 수 있는 가네자와까지 하룻밤만에 갔다고 합니다. 아무 생각 없이 있다가 정신을 차리고 보니 자신이 가네자와 성 앞에 서 있었는데, 날짜를 확인해보니 다음날 아침이었다는 겁니다."

"음."

그가 끄덕였다.

"그게 진짜인지는 알 수 없지만, 나도 그 얘기는 들어본 적이 있네."

"그 외에도 오사카의 어떤 사람은 자기도 모르게 나가사키까지 갔다 왔다고도 하고, 방금 전까지 툇마루에 앉아 있던 사

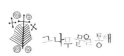

람이 갑자기 행방이 묘연해져서 수십 년 동안 돌아오지 않았다는 이야기도 있습니다. 이 여인도 그런 재난을 만난 것이 아닌가 생각됩니다."

"그런 일이 현실에 있을 수 있단 말인가. 혹시 말투 같은 걸로 고향이 어딘지도 짐작할 수 없는가?"

"말투는 에도 같습니다만."

요시즈카는 고개를 갸웃거렸다.

"그러나 무사들은 원래 많은 지역을 돌아다니다 보니 대부분 영지의 말투가 비치게 마련이고, 그게 또 에도 말과 섞여 있다 보니 어느 지역 사람인지 판단하기는 힘듭니다."

"그럼 기억이 돌아올 때만을 기다려야 한단 말인가."

"어쩌면…."

요시즈카는 주인의 기분을 살피듯이 말했다.

"이대로 아무 것도 기억해 내지 못하고 그냥 끝날지도 모르지요."

세시로는 그 말에 아무 대답도 할 수 없었다.

봄, 여름, 가을까지 세 번의 계절이 바뀌는 동안 세시로는 도모에와 세 번 마주쳤다. 그는 냉정하게 마음을 먹을 생각이었지만, 그래도 마음속 깊은 곳에 아직도 미련이 남아서인지 눈인사를 하면서 얼굴이 붉어지는 것을 느낄 수 있었다. 도모에는 세 번 모두 아름답게 차려입고 많은 하인들을 거느리고 있었는데, 그의 눈인사를 완전히 무시하며 눈길조차 주지 않고 지나쳤다. 그는 부끄러움과 모욕감에 얼굴이 더욱 빨개져서 진땀을 흘릴 정도였다.

"그래 이걸로 된 거야. 이제 깔끔하게 정리된 거야."

세 번째에 그는 스스로에게 이렇게 말했다. 그리고 그 후부터 그의 모든 일은 후사가 담당하게 되었다. 세시로 역시 어머니 같은 무라보다는 젊은 후사 쪽이 좋았고, 후사는 눈썰미가 좋아서 그의 기분과 취향을 빨리 이해했다. 나중에 생각해보면 요시즈카 부부가 그렇게 가르친 것 같은데, 그를 위해 일하는 후사의 태도는 거의 헌신적이라고 말해도 좋을 정도였다. 세시로는 오히려 그런 후사의 모습에 그녀가 의지할 데가 자신 밖에 없다는 생각이 들어 더욱 안쓰럽게 보였다.

"후사 아가씨는 가정교육이 매우 잘된 것 같습니다."

요시즈카가 말했다.

"성격도 아무지고, 행동도 우아하고, 필체 또한 어찌나 훌륭한지 웬만한 서책의 글씨와 견주어도 흠잡을 데가 없을 정도입니다."

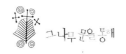

6

시즈카 부부뿐만이 아니라 집에 있는 자들 모두가 언젠 가부터 후사에게 경칭을 쓰기 시작했다는 것을 세시로 는 그때 처음으로 깨달았다.

"출신만 확실히 알 수 있다면. 어떤 지위 높은 대감 집에 시 집을 가도 결코 부끄럽지 않을 겁니다. 정말 아까운 인품입니 다."

요시즈카가 무슨 말을 하고 싶은지 세시로는 이미 눈치 챌 수 있었다.

"즉, …나에게 후사를 맞이하란 건가?"

"그렇게 하는 게 어떨까 생각은 하지만."

요시즈카는 신중한 모습으로 말했다.

"명색이 주인님은 명문 가문이시고, 후사 아가씨는 출신을 알 수 없으니, 주인님이 그렇게 생각한다 해도 아마 높으신 대 감들이 허락해 줄리 없다고 생각합니다."

"높으신 대감들이라……."

그의 눈이 반짝였다. 그 눈에는 적대감과 반항심이 들어 있 었다.

"훗."

세시로는 냉소했다.

"명문이라고 해봤자 히라마츠 집안은 이제 다시 일어나는 처지이고, 나는 그 양자에 지나지 않은가. 아내 선택에 간섭당할 정도의 가문도 아닐 것이다."

세시로의 기분은 다와라나 도모에에 대한 반항심으로 움직이는 것 같았다. 물론 후사가 좋지 않았다면 그렇게 정색을 하고 뛰어들지는 않을 것이다. 그녀가 언제 과거의 일을 떠올릴지 알 수 없고, 그때 사정이 어떻게 변할지도 예측할 수 없다. 그런 불안정한 입장의 여자를 아내로 맞이하는 것은 모험이다. 하지만 세시로는 배짱 좋게 다와라에게 맞서기로 했다.

'너무 놀라서 뒤로 넘어가지나 말라고.'

세시로는 이렇게 생각하며 다와라 앞에 당당하게 섰다. 여자에게 후사라는 이름을 붙여준 것, 자신은 후사를 아내로 맞이할 작정이라는 것, 그리고 이를 겸해 후사를 다와라의 양녀로 맞이해 주었으면 좋겠다는 이야기 등을 도전적인 어조로 말했다. 그는 당연히 불벼락과 함께 매몰차게 거절당할 것을 각오하고 이야기했는데, 다와라는 큰소리도 치지 않고 뒤로 넘어갈 정도로 놀라지도 않았다. 이야기가 끝날 때까지 가만히 듣고 있었고, 이야기가 끝난 후에도 잠시 동안 조용히 있었다. 그의 얼굴에 곤혹스러운 기미가 보이긴 했지만, 화가 난 것

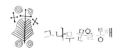

같지는 않았다.

"약간 어려운 얘기군."

잠시 후 다와라가 조용히 입을 열었다.

"카지마 집안과 혼담이 깨진 지 얼마 되지도 않았고, 이번 12월에 영주님이 돌아오시면서 자네 아버님도 함께 오실 테니 그때 같이 얘기를 해보는 것이 어떻겠나."

세시로는 가슴이 두근두근거렸다.

"그래도 상관없습니다만, 어르신의 의견은 어떻습니까?"

"내 의견은."

이렇게 운을 땔 땐 다와라는 문책하듯 그를 노려보았다.

"나의 의견에 따라 사안이 바뀌기라도 한다는 건가?"

세시로는 할 말이 없었다. 다와라의 태도가 예상과 달리 약간 호의를 보이는 것 같아, 기분이 들뜬 나머지 무심코 실언을 해버렸다. 정말 스스로 생각해도 칠칠치 못한 인간이다, 이건 영락없는 아첨꾼이 아닌가. 그는 스스로에게 혀를 찼다.

"제가 실수했습니다."

그는 재빨리 자신의 잘못을 인정하고 머리를 숙이며 말했다.

"말씀하신 대로 아버님이 올 때까지 기다리겠습니다. 마지막으로 드린 말씀은 잊어주십시오."

그는 밝은 기분으로 다와라의 집을 나섰다.

12월 10일에 영주가 이 지역으로 돌아오면서 그의 옆에서 일을 하는 아버지도 같이 왔다. 그리고 다와라와 아버지가 이야기를 나눈 결과 후사를 아내로 들이는 것에 대해 정식으로 허락을 받았다. 다음해 2월 8일 두 사람은 결혼식을 올렸고 후사는 다와라 집안의 양녀가 되었다.

결혼한 지 이틀째가 되었을 때 그의 아버지가 세시로를 불렀다. 그는 너만큼 부모 뜻을 거스르는 자도 없을 거라며 화를 냈다. 잘 들어보니 카지마와의 혼담은 아버지의 노력에 의한 것으로 다와라 씨는 그저 중개자 입장에 지나지 않았다는 것이다.

"카지마 집안과 친척이 되는 것은 너의 장래에 얼마나 힘이 될지 모르느냐. 너는 아내의 뒷배경으로 출세하는 것 따위는 부끄러운 짓이라고 생각했을지 모르지만, 그런 안일한 생각으로는 히라마츠 집안을 다시 일으킬 수 없을 것이다."

세시로는 아무 말없이 조용히 있었다. 문제가 이렇게 된 것은 자신의 책임이 아니다. 자신은 도모에를 아내로 맞아들이고 싶었다, 라고 말하고 싶었지만 이제 와서 변명한다고 해서 어떻게 되는 것도 아니고, 지금은 후사를 사랑하는데다 어차피 결혼까지 한 마당에 조용히 꾸지람을 듣는 것이 현명하다는 생각이 들었다.

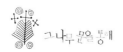

"후사와의 결혼도 다와라가 강력하게 권했기 때문에 승낙한 거다."

아버지가 말했다.

"그걸 생각해서 앞으로도 집안이 웃음거리가 되지 않도록 정신 똑바로 차려야 할 거다."

후사와의 생활은 순조로웠다. 그의 아버지는 주로 성안에서 지냈는데 열흘에 한 번 정도로 방문해서는 어쩌다 한 번씩 그의 집에서 머물다 가고는 했다. 그런데 시간이 갈수록 열흘에 한 번이 일주일에 한 번이 되고, 여름에는 닷새에 한 번, 사흘에 한 번으로 점점 방문하는 횟수가 많아졌고, 자고 가는 횟수도 많아졌다.

입 밖으로 내지는 않았지만, 후사가 꽤나 마음에 들었는지 집에 오면 항상 후사를 곁에 두고 떠나지 못하게 했다. 저녁식사 후에 술상이라도 준비하면 흥이 나서 잠자는 것도 잊을 정도였다.

"아버님, 벌써 열한 시가 넘었습니다."

참다 못한 세시로가 말을 꺼냈다.

"아침에 일찍 일어나야 하니 오늘은 이만 하시지요."

"나 때문에 신경 쓰지 말거라."

아버지는 손을 저었다.

"너는 상관하지 말고 자거라. 나는 조금 더 마실 테니 후사만 여기에 두고 가거라."

후사는 특별히 대접을 잘하는 것도 아니다. 차분한 얼굴을 하고 있지만, 일상적인 거동이나 남의 말을 듣는 자세는 오히려 어딘가 흐리멍덩해 보이기도 한다. 요시즈카가 '우아하다'고 말한 것은 바로 이런 부분을 말한 것일 것이다. 후사의 흐리멍덩한 분위기는 익숙해질수록 주위 사람까지 안정감 있게 만들고 온화하게 만들어 주기 때문이다.

처음에는 요시즈카 부부, 그리고 다음으로 집안의 무사와 하인들, 마지막으로 아버지까지 그녀에게 끌린 것도 역시 이런 점에 매력을 느꼈기 때문일 것이다. 아버지가 후사를 상대로 흥이 나서 이야기를 하는 모습이 어찌나 즐겁게 보이는지 세시로는 생각지도 못한 효도를 하고 있는 것 같아 뿌듯한 기분이 들었다.

10월 하순 아버지가 또 다시 다른 지역으로 떠나게 되었다. 아버지는 길을 떠나기 전날 집으로 오셨다. 그리고 후사에게 신세 많이 졌다며 꽤 많은 돈을 이별의 선물로 주었고, 세시로를 불러서 그녀에게 잘 대해주라고 말했다.

"너 같은 녀석에게는 아까운 여자다."

그리고 그는 또 한마디를 덧붙였다.

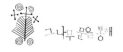
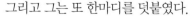

"다음번에 올 때에는 손자의 얼굴을 보고 싶구나."

7

가게유에게는 이미 한 명의 손자가 있다. 에도에 있는 장
남, 세지로의 아이인 쓰루노스케로 이미 3살이다. 그러
니 손자의 얼굴을 보고 싶다는 그의 말은 후사에 대한 깊은 애
정을 나타낸 것이라고 세시로는 생각했다.

11월에 카지마 집안의 도모에가 결혼했다. 상대는 영주의
재산을 관리하는 집안의 장남으로 와타나베 기쿠마라는 자였
다. 그가 결혼하자마자 에도 근무로 발령이 나면서 부부는 함
께 에도로 떠났다. 그리고 나서 처음으로 다와라가 세시로와
후사를 자택으로 부르고 자신도 히라마츠 집안을 방문하게 되
었다.

"혼담이 깨지게 된 책임이 있으니까."

다와라는 쓴웃음을 지으며 말했다.

"도모에 아가씨가 결혼을 할 때까지는 왕래를 피하는 것이
좋을 것 같았네."

다와라는 두 사람을 처음 초대한 날 이렇게 얘기했다. 그는
마치 어깨의 무거운 짐을 내려놓은 듯 후련한 모습이었다. 세

시로는 그의 모습에 언젠가 아버지가 한 말을 떠올리고 이해가 가지 않는다는 표정으로 물었다.

"아버님은 당신께서 후사를 강력하게 추천했다고 하던데, 정말입니까?"

"그게 뭐 어쨌단 말인지?"

"저는⋯⋯."

그는 약간 머뭇거렸다.

"저는 어르신이 화가 나셨다고만 생각했습니다."

다와라는 애매한 웃음을 지었다.

"후사 같은 여자를 쫓아냈으면 그때야말로 내가 화를 냈겠지."

"하지만 어르신은 그때까지 후사를 잘 알지 못하셨을 텐데요."

"그 얘기는 이제 됐으니 그만 술이나 마시지."

다와라가 말했다.

아무래도 납득이 가지 않은 세시로는 집으로 돌아온 후 요시즈카에게 물어 보았다. 그리고 새로운 사실을 알게 됐다. 처음에 세시로가 성에 있으면서 집을 비울 동안 다와라가 그의 집을 방문해서 후사와 만났다는 것이다. 그리고 그는 첫 대면 때부터 후사를 완전히 마음에 들어 했다고 한다. 요시즈카의

그 나무 문을 통해

얘기에 의하면 그때 다와라는 세시로와 도모에의 혼담 얘기에 자기는 처음부터 반대였다면서 대단한 집에 데릴사위로 들어가기에는 아까운 녀석이라고 했다고 한다. 그 말을 듣자 세시로는 약이 올랐다.

"그럼 그때 화를 낸 것은 일부러 빈말을 하며 연극했다는 건가? 이런 능구렁이 같은 영감을 봤나."

말은 이렇게 했지만 다와라 역시 후사에게 호감을 갖고 있다는 것을 알게 되자 기분이 좋아진 세시로는 그후 다와라가 방문할 때마다 항상 성대하게 대접했다.

해가 바뀌자 무라가 후사의 회임 소식을 알렸다. 그는 드디어 해냈다고 생각했다.

'이걸로 아버님을 기쁘게 해드릴 수 있겠구나.'

그러나 그가 이렇게 뿌듯해한 순간부터 그의 행복에 불길한 그림자가 드리우기 시작했다. 정월 하순의 어느 날 밤, 썰렁한 기운이 느껴져서 눈을 떠보니 잠옷 차림의 후사가 그의 방으로 들어왔다. 그 전까지는 아내 쪽에서 찾아오는 일은 없었다.

"무슨 일 있소?"

세시로가 물었다. 후사는 그의 목소리가 들리지 않은 듯 조용히 선반 쪽으로 가서 그 앞에 멈춰 섰다.

"후사, 무슨 일이야?"

후사는 그대로 서서 작은 목소리로 중얼거렸다.

"침실에서 이쪽으로 나오면, 여기가 복도고……."

후사는 천천히 한 손을 흔들며 무언가를 떠올리려는 듯 고개를 갸웃거렸다.

"복도의 이쪽에 나무 문이 있고, 그리고……."

세시로는 기분이 오싹했다. 누군가 차가운 손으로 갑자기 등줄기를 만진 것처럼 온 몸에 소름이 돋으면서 자기도 모르게 일어나 아내 쪽으로 갔다. 후사가 과거의 일을 떠올린 거란 것을 직감할 수 있었다. 그 '과거'는 그에게서 후사를 빼앗아 갈지도 모른다. 그것을 떠올리게 해서는 안 된다. 그렇게 생각한 세시로는 아내의 어깨에 살짝 손을 올리고는 속삭이듯 말했다.

"후사, 눈을 떠. 당신은 지금 꿈을 꾸고 있어."

후사는 천천히 뒤를 돌아보았다. 그 얼굴은 평상시에 보아 온 후사의 얼굴이 아니었다. 마치 벽을 마주 보고 있는 것처럼 아무 감정이 없는 무표정한 얼굴에, 그 눈은 모르는 타인을 보고 있는 듯이 냉담한 빛을 띠고 있었다. 세시로는 또 다시 털이 쭈뼛 섰다.

"후사."

그는 아내의 어깨를 잡고 흔들었다.

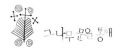

"눈을 떠, 후사. 나야."

그러자 후사의 얼굴이 부드러워지고 전신의 긴장이 풀리는 것이 느껴졌다. 그녀는 남편의 품에 안겨 안도한 듯 한숨을 쉬었다.

"제가 어찌된 걸까요."

"이런 몸이 차디 차잖아."

그는 아내의 등을 부드럽게 쓰다듬으며 말했다.

"감기라도 걸리면 큰일이니 여기서 함께 잡시다."

"제가 뭔가 실수라도."

"아무 것도 아니오."

그는 자신의 침구에 아내를 눕히고 가만히 안아주면서 말했다.

"아무 것도 하지 않았소. 그냥 꿈을 꾼 거요."

후사는 남편의 품안에서 고개를 끄덕이더니 잠시 후 새근새근 숨소리를 내며 잠들었다.

'몸의 변화 때문이다.'

세시로는 후사의 임신으로 몸의 상태가 흐트러진 거라고 생각했다. 그날 밤 일어난 일은 절대 잊히지 않았다. 후사는 분명 과거의 일을 떠올린 것이다.

'침실을 이쪽으로 나오면, 여기가 복도고……'

그렇게 중얼거리며 고개를 갸웃거리는 모습은 전에 살았던 집의 구조를 떠올린 것임에 틀림없다. 그리고 그가 전혀 본 적이 없는 아내의 얼굴과 싸늘한 눈빛. 그때 아내는 과거 속에 있던 것이다. 그럴 리가 없다고 부정해보려 해도 그의 직감은 머릿속에서 사라지지 않았다.

'언젠가 또 같은 일이 일어날 것이다. 그때에는 좀 더 확실하게 과거의 모든 것을 떠올릴지도 몰라.'

세시로는 집에 있어도, 성에 들어가도 아내의 일이 걱정되어 견딜 수 없었다. 자다가 한밤중에 일어나 아내의 침실을 엿보는 일도 있었다. 그런 증상이 3일 정도 계속되자 그는 결심을 내렸다.

"그래, 뭐 어때."

그는 스스로에게 말했다.

"떠올린 과거가 어떻든 간에 이미 결혼을 했고, 아이까지 임신했어. 설마 아무리 조건이 나쁘다고 해도 이 생활을 무너뜨릴 수는 없을 거야."

세시로는 굳은 마음으로 어떤 상대가 나타나도 결코 물러서지 않겠다고 다짐했다.

그러나 다행히 그후 아무 일도 없었다. 후사는 10월 하순에 여자 아이를 낳았다. 아이와 산모 두 사람 모두 건강했다.

"여자 아이라 아버님이 서운해 하시겠어요."

후사는 부끄러운 듯 말했다.

"아니오. 에도에 이미 손자가 하나 있으니 여자 아이라 오히려 기뻐하실 거요."

세시로가 고개를 저으며 말했다. 아버지가 다시 방문할 때까지 출산 소식을 알리지 않으려 했지만, 새로운 일을 맡아 오실 수 없다는 것을 알고는 보름 정도 늦게 출산 소식을 알렸다.

8

아이에게는 세시로의 어머니 이름을 따서 유카라는 이름을 지어 주었다.

"정말 좋은 이름이에요."

후사는 기뻐하며 자신의 얼굴을 아기 뺨에 대고 비볐다.

"유카야, 사랑스러운 우리 유카. 건강하게 자라야 한다."

세시로는 머리맡에서 그윽한 눈길로 그 모습을 바라보았다.

3월에 유카가 홍역에 걸려 잠깐 놀라긴 했지만, 그것도 무사히 넘겼다. 에도에서는 유카에게 신경 쓰라는 아버지의 닦달에 못 이겨서인지 후사에게 당부하는 육아에 대한 어머니의 편지가 종종 날아왔다. 다와라도 종종 유카를 보러 왔다. 아직 손자를 본 적이 없는 탓인지 조금은 위험해 보이는 손놀림으로 아기를 안고 정원을 걸어다니고는 했다.

8월 15일 밤, 세시로는 아내와 유카를 데리고 셋이서 달구경을 했다. 담요를 깔아놓고 그 위에 달님에게 풍년을 기원하기 위해 경단과 함께 술과 안주를 준비했다. 초롱불을 좌우에 놓고 모기향도 피우고 세시로와 후사는 편한 옷차림으로 담요 위에 앉았다. 이제 막 조금씩 말을 배우기 시작한 유카는 밖에서 밥을 먹는 게 마냥 신기하고 좋은지 어머니와 아버지 무릎을 왔다 갔다 했다.

히라마츠 집안의 정원은 꽤 넓고 정면에 소나무가 우거진 언덕이 있는데 그 위에 오르면 성이 잘 보인다. 백 평 남짓한 잔디 한쪽에는 매화나무들이 있고, 그 앞은 울타리가 쳐져 있다.

달은 소나무 숲의 왼쪽 끝에서 올랐다. 하늘에 구름이 잔뜩 껴서 오르자마자 곧 구름에 가려졌지만, 파랗게 물든 구름이 검은 소나무 숲을 비추는 섬뜩함도 하나의 멋진 광경이었다. 달이 뜨자 유카가 꾸벅꾸벅 졸기 시작해서 후사는 아이를 재우러 들어갔다.

잠시 동안 세시로가 혼자서 술을 마시고 있는데 벌레 소리가 멈춘 것 같아 뒤를 돌아보니 후사가 돌아와 있었다. 오른손에 술병을 들고 언제나처럼 느린 걸음걸이로 다가오던 후사는

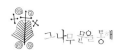
그 나무 문을 통해

그의 앞까지 와서는 갑자기 발을 멈췄다. 그 순간 구름 사이로 달이 얼굴을 내밀면서 후사의 얼굴을 밝게 비췄는데, 그 모습을 본 세시로는 들고 있던 술잔을 떨어뜨릴 뻔했다.

'그날 밤의 얼굴이다.'

후사는 평상시와는 전혀 다른 얼굴로 눈을 크게 뜨고는 뭘 보는지 정원의 한 곳을 응시하고 있었다. 세시로는 조용히 아내의 모습을 지켜보았다. 귓속에서 쿵쿵 맥박이 뛰는 소리가 들리고, 숨도 가빠졌다. 후사는 걸었다. 매화나무 쪽을 향해 한 걸음 한 걸음. 세시로도 일어나 맨발로 아내의 뒤를 쫓아갔다. 스무 걸음쯤 갔을까. 후사는 다시 멈춰 섰다.

"여기가 대나무 길에."

후사가 중얼거렸다.

"그리고 그 건너편에 나무 문이 있고."

세시로가 옆에서 작은 목소리로 말했다.

"그럼 이제 그 앞을 떠올리는 거야. 그 나무 문 밖은 어떻게 되어 있지?"

후사는 꿈쩍도 않고 입을 다문 채로 멍하니 서 있었다.

"후사."

그는 아내의 어깨에 살짝 손을 얹고 낮은 소리로 속삭였다.

"잘 생각해봐. 그게 우리 집인지 당신의 집 정원인지. 나무 문을 나가면 어디로 가지?"

후사는 비틀거리며 갖고 있던 술병을 떨어뜨렸다. 세시로는 양손으로 아내의 몸을 붙잡았다. 그러자 후사가 깜짝 놀란 듯이 남편을 보고 몸을 똑바로 세웠다.

"저 어떻게 된 거에요?"

언제나의 얼굴, 언제나의 눈으로 돌아왔다.

"지금 당신은 옛날 일을 떠올리려고 했어."

그가 말했다.

"내가 말해줄 테니 눈을 감고 들어봐."

"아니오."

후사는 고개를 저었다.

"저는 이대로 행복한 걸요. 옛날 일 따위 떠올리고 싶지 않아요."

"하지만 떠올릴 때가 올 거요. 당신은 기억하지 못하겠지만, 분명 또 언젠가 같은 일이 있을 거야. 그럴 바에 하루 빨리 하는 편이 좋지 않겠소? 자, 눈을 감고 들어봐."

후사는 눈을 감았다.

"지금 당신은."

그는 목소리를 낮추고 천천히 속삭였다.

"대나무 길을 걷고 있어. 정원에 있는 대나무 길이야. 그리

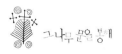
그 나무 문을 통해

93

고 건너편에는 나무 문이 있어."

후사는 눈을 감은 채 고요히 숨을 죽였다.

"대나무 길을 지나 나무 문 앞으로 왔어."

그는 조용히 계속했다.

"이제 그 나무 문을 나서는 거야. 나무 문 밖은 어떻게 되어 있지?"

세시로는 숨을 죽이고 기다렸다. 후사는 조용히 서 있다가 잠시 후 고개를 저었다.

"아무 것도 모르겠어요."

눈을 뜨면서 후사가 말했다.

"지금 한 얘기는 모두 제가 한 말인가요?"

"응. 당신이 말했어."

후사는 다시 고개를 저었다.

"저는 아무 것도 생각나지 않아요. 그런 말을 했는지조차 기억에 없는 걸요."

"당신은 어때? 기분이 안 좋다던가, 그런 건 없어?"

"아니오."

"그럼 됐어."

그는 아내의 어깨를 부드럽게 쓰다듬었다.

"둘이서 달구경이나 더 합시다."

세시로는 실망 반 안도 반의 마음으로 다시 담요 쪽으로 돌아갔다. 그 후로 한동안 그는 또 다시 아내를 감시하는 일로 신경쇠약에 시달렸지만 특별한 일 없이 그 해는 저물었다.

9

다음 해의 3월, 연례의 회계 감사가 시작되고 세시로는 감사를 위해 마지막 5일 동안 성안에서 지냈다. 그 3일째 되는 날이었다. 정오 무렵에 요시즈카가 성으로 면회를 왔다. 원래 성에서 일을 할 때는 집안사람들 출입은 금지되어 있는데 요시즈카가 급한 일이 있다고 얘기한 것 같았다. 유카가 병이라도 걸린 것인가 생각하면서 가보니 요시즈카가 서쪽 입구에 파랗게 질린 얼굴을 하고 서 있었다.

'후사의 일이구나.'

세시로는 그렇게 생각했다. 요시즈카의 파랗게 질린 얼굴이 아내에게 무슨 일이 일어났다는 것을 나타내고 있는 것 같았다. 요시즈카는 눈을 동그랗게 뜨고는 그렇다고 대답했다.

"무슨 일인가? 병인가?"

"모습이 보이질 않습니다."

요시즈카가 말했다.

그 나무 문을 통해

"어제 저녁에 유카 아가씨와 함께 정원에 계셨는데, 그대로 어디로 간 건지 아무리 찾아봐도 지금까지 행방을 알 수 없습니다."

'드디어 올 것이 왔구나.'

그가 우려했던 일이 현실이 되었다는 생각이 그의 머릿속을 스쳤다.

"잠깐 기다려 주게."

세시로는 다와라를 만나러 갔다. 다와라도 매우 놀란 듯 잠시 동안 아무 말이 없었다.

"내가 손을 써 보겠네."

하지만 다와라는 세시로가 성에서 나가는 것은 허락하지 않았다. 세시로는 요시즈카에게 다시 한번 잘 찾아보라는 지시를 전하고 방으로 돌아가 자신의 일에 전념해야만 했다.

감사일은 단조롭기는 하지만 검찰과 회계 정리가 주된 일로 딴 생각을 할 여유가 없다. 그는 어차피 후사에 대해 생각하는 것이 두려웠기 때문에 더욱 더 일에 집중했다.

'아내가 발견되면 알려줄 것이다.'

하지만 감사가 끝날 때까지 아무 소식도 들려오지 않았다. 감사 마지막 날 여느 때처럼 노고를 치하하는 연회가 열렸지만 세시로는 바로 집으로 돌아갔다.

후사의 행방은 그때까지도 알 수 없었다. 걱정했던 유카는 다행히 엄마가 사라진 걸 아는지 모르는지 요시즈카 부부와 함께 얌전히 잘 지내고 있었다.

이야기를 들어 보니 그날 저녁 후사는 정원에서 유카와 놀고 있었는데, 유카의 울음소리가 들려서 무라가 나가 보니 유카가 혼자서 울고 있었다고 한다. 무라가 유카에게 어머니는 어디 갔냐고 물었더니 매화나무 쪽을 가리키며 "저기"라고 말했다. 무라가 매화나무 숲 쪽을 찾아보았지만 후사는 어디에도 없었다. 집 안과 밖을 찾는 사이에 해가 저물어도 후사가 돌아오지 않자 요시즈카 부부는 큰 거리 쪽을, 무사들은 산속 길을 찾아다녔다.

산길 쪽은 영지의 경계를 지키는 초소가 있어 그곳에 물었지만 후사 같은 여성이 지나가는 것을 본 자는 없었다. 요시즈카는 여기저기에 부탁해 집 주위 50킬로미터 정도까지 찾아보게 했지만 어디에도 흔적은 없었다. 후사는 당시 돈을 챙겨가지도 않았고, 여자의 몸으로 이렇게 빨리 수배해놓은 지역을 넘어 갔을 리도 없으니 3일이나 지난 지금으로는 찾아낼 희망이 없는 것 같다고 요시즈카가 말했다.

"실은 한 가지, 주인님께 말씀드리지 않은 것이 있습니다. 마님이 처음 여기에 나타났을 때의 일입니다."

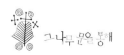
그 나무 문을 통해

세시로는 요시즈카의 얼굴을 보았다.

"마님이 처음부터 주인님을 만나러 온 것은 아니었습니다."

요시즈카가 말을 이었다.

"사실은 제가 외출에서 돌아와 보니, 마님이 문 앞에 멍 하니 서서는 여기가 누구의 집인지 물었습니다. 저는 히라마츠 세시로 씨라고 말하고 누구를 찾아왔냐고 다시 물었습니다. 그러자 마님은 잠시 생각에 잠기더니, 아마도 방금 전에 들은 이름이 머릿속에 남아 있던 거겠지요. 히라마츠 세시로 씨를 찾아왔다고 대답했습니다."

모든 기억을 잃었을 때 처음으로 들은 이름이 깊은 인상으로 남아 그 이름이 자신이 찾아온 사람이라고 생각하게된 것일까. 세시로는 고개를 돌렸다.

"알았네. 이제 됐어."

그가 말했다.

그렇다면 진짜 만나러 온 사람을 기억해내고 그쪽으로 간 것일까? 잠시 그런 생각이 들었지만, 그는 바로 고개를 저었다. 햇수로 4년이나 부부로 지냈고, 세 살된 아이까지 있는데 뭔가가 생각났다고 해서 갑자기 편지 한 장 남기지 않고 도망쳐버릴 이유는 없다. 후사가 그렇게까지 잔인한 일을 할 리가 없다.

"유카는 어디에 있나?"

"저희와 함께 있습니다."

"잠시 혼자 있고 싶군."

요시즈카가 나가자 세시로는 자리에서 일어섰다. 그리고는 팔짱을 끼고 눈을 감았다.

"불현듯 나를 찾아온 것처럼 당신은 또 그렇게 불현듯 사라졌군."

그는 속삭였다.

"지금 어디에 있소. 어디서 무얼 하고 있는 거요."

비가 내리는 해질녘, 관음당의 툇마루에 앉아 어찌할 바를 모르던 후사의 모습이 아련하게 눈앞에 보이는 것 같았다. 그의 얼굴이 일그러지면서 울음이 북받쳐 올랐다. 그는 흐느껴 울었다. 툇마루로 나가 정원을 걸어다니면서 흐느껴 울었다.

세시로는 잔디밭에 멈춰 서서 눈물을 닦고 매화나무 숲 쪽을 바라보았다.

'대나무 길, 거기에 나무 문이 있고……'

유카는 엄마가 그쪽으로 갔다고 했다. 후사는 그 나무 문을 통과한 것일까? 그는 현실에는 없는 나무 문과 거기에 서 있는 아내의 모습이 보이는 것 같았다. 그러나 후사는 돌아올 거라고 그는 믿었다. 이번에는 남편이 있고, 유카라는 아이가 있으

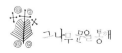

그 나무 문을 통해

니, 그것을 떠올리지 못할 리가 없다. 언젠가는 반드시 기억해내고 돌아올 것이다. 그 나무 문을 통해. 세시로는 한 손을 가만히 뻗었다.

"모두가 당신을 기다리고 있어. 돌아와, 후사."

그는 거기에 없는 아내를 향해 속삭였다.

"돌아올 때까지 기다릴게."

뒤쪽에서 동요를 부르는 유카의 밝은 목소리가 들려왔다.

구신 울음 소리

츠노다 가쿠오

☾ 츠노다 기쿠오

가나가와현에서 태어난 그는 중학교 때부터 소설을 쓰기 시작했다. 〈모피 외투를 입은 남자〉라는 작품으로 〈신취미〉 잡지에 응모, 입선 데뷔했다. 그리고 4년 후 〈발광〉이란 작품으로 제1회 선데이 매일 대중문예상을 수상했다.

그후 10년 간 해군 수로부 근무를 마친 후 집필 활동에 들어가 기발하고 특이한 작품을 발표, '전기소설'이라는 장르를 창조했다. 전후에는 시대소설과 함께 미스터리에도 의욕을 보이며 〈다카키 집안의 참극〉 등 본격적으로 장편을 집필, 1958년에 〈피리를 불면 사람이 죽는다〉는 작품으로 제11회 일본탐정작가 클럽상을 수상했다.

여기에 실린 단편은 마치 괴기 스릴러 영화를 떠올리게 하는 음울하고 신비적인 분위기에 일본의 전통적인 느낌을 잘 어울려 놓은 작품이다.

1

늦가을의 비가 추적추적 내리고 있다. 하늘은 온통 잿빛으로 물들고, 뼛속까지 스며들 것 같은 냉기가 흐르는 빗물과 함께 대지로 퍼지고 있다. 하늘도 땅도, 숲과 마을까지 모두 고요 속에 잠겨 숨소리마저 조심스럽다.

바람에 흩날린 비가 주위를 온통 부옇게 안개처럼 뒤덮었다. 흐린 회색빛으로 보이는 절의 지붕, 짙은 나무 그늘, 빽빽하게 들어선 사리 공양 탑, 어슴푸레 어두운 하늘을 비치고 있는 물웅덩이. 늦가을의 비가 눈처럼 차디 차다.

그때 문득 사람 그림자 하나가 나무그늘의 어둠 속에서 나타났다. 비옷을 입고 있는 모습이 여행자인 것 같다. 오랜 여행에 지쳤는지 낡은 비옷도 그의 모습도 빛이 바래 앙상하게 말라 보였다.

그는 비스듬히 내려 쓴 삿갓 밑으로 건너편을 지긋이 바라보고 있다. 광대뼈가 튀어나온 깡마른 얼굴에 검붉게 변한 화상의 흉터가 보기 흉하게 쭈글쭈글거리며 그의 표정을 더욱 섬뜩하게 만들고 있다.

이 얼마나 차가운 얼굴인가. 눈동자만 움직일 뿐 딱딱하게 굳은 그의 표정은 마치 가면이라도 쓰고 있는 것처럼 차갑게 가라앉아 움직이지 않는다. 심지어 그의 손에 매달려 있던 짐이 쿵, 소리를 내며 바닥에 떨어졌지만 그는 눈 하나 꿈쩍하지 않았다. 놀란 그의 손끝은 희미하게 떨렸지만, 그는 내리는 비를 맞으면서도 전혀 움직일 기미를 보이지 않는다.

경악. 딱딱한 그의 표정과 그 남자의 몸은 어떤 경악 때문에 경직되어 있는 것이 확실했다. 그는 떨어진 짐을 집어 들었다. 남자의 입술에서 깊은 한숨이 터져나왔다. 하지만 그의 눈은 계속 한 곳을 응시하고 있다.

묘비가 스산하게 떨고 있다.

머리를 가지런히 드리운 여자의 어깨에 은색 실처럼 가랑비가 내리고 있다. 윤기가 도는 검은 머리카락에 선향의 연기가 끊임없이 얽히며 그녀의 꽃비녀에 하늘빛이 비치고 있다. 순간 그녀가 얼굴을 들어 올렸다. 나이는 열여덟 아홉 정도 되었을까. 약간 검은 피부에 흑요석처럼 까만 눈, 아가씨다운 굴곡을 가진 몸매다. 옆의 울타리에 기대어 세워둔 우산을 들고는 발걸음을 딛기 시작한다. 단아한 자태에 차분한 걸음걸이가 좋은 집안의 아가씨라는 것을 짐작케 했다.

그녀가 대여섯 걸음을 걸었을 때였다.

"이봐요, 아가씨."

나무 그늘에서 쉰 목소리가 들려왔다.

"아가씨, 잠깐만요."

"네, 저요?"

우산을 옆으로 기울이면서 그쪽을 돌아보았다.

"잠시만 이쪽으로……."

남자가 손짓으로 불렀지만 여자는 경계하듯 미간을 찡그리면서 그대로 서 있다.

"저한테 무슨 볼일이라도?"

남자는 아무 말도 하지 않았다. 그러나 그 시선만큼은 잡아먹을 듯 뚫어져라 여자의 얼굴을 응시하고 있었다. 뭔지 모르게 섬뜩한 기분에 외면하고 지나치려는 여자의 뒤에서 또다시

목소리가 들려왔다.

"교안지라는 절이 어디였지?"

질문이 어딘가 어색하다.

"교안지요? 이 옆의 절이에요."

여자는 손가락으로 가리키면서 도망치듯 종종 걸음으로 발을 뗐다.

"아, 고마워요."

쉰 목소리를 뒤로 하고 몇 발짝을 걸어가다 다시 돌아보니 남자의 눈은 아직도 무서운 기세로 이쪽을 바라보고 있었다. 여자는 터져나오는 비명을 눌러 삼키며 쫓기듯이 묘지를 빠져나왔다.

'근데 이 냄새는 뭐지? 살구향?'

여자는 남자의 몸에서 그런 냄새를 맡은 것 같은 생각이 들었다.

망연히 서 있는 모습이 사람이라기보다는 마치 그림자 같다. 여자의 모습이 시야에서 사라지자 남자는 갑자기 피로를 느낀 듯 어깨를 축 떨어뜨리고는 한숨을 내쉬었다.

삿갓의 그늘로 백발이 살짝 보이는 게 육십대 같기도 하고 사십대 같기도 하다. 남자가 느릿느릿 걷기 시작했다. 아까 물어본 교안지 쪽이 아니라 방금 전까지 여자가 우두커니 서 있던 묘비 앞으로.

가져다 놓은 지 얼마 되지 않은 싱싱한 수선화 꽃잎에 낙숫물이 진주처럼 하얗게 빛나고 있다. 선향은 지금 당장이라도 꺼질 듯 불씨가 사그라지면서 연기가 난다.

남자의 눈이 천천히 묘비의 문자를 따라갔다.

'이름 츠네…향년 29세…'

남자는 수선화 꽃잎을 하나씩 따서 입술에 물었다.

'그렇군. 향년 29세…'

가면 같은 그의 표정이 일그러지더니 당장이라도 눈물을 뚝뚝 흘릴 것 같은 얼굴로 바뀌었다. 그러다 남자는 갑자기 수선화 꽃잎을 뱉어내고 헐떡거리기 시작했다. 얼굴빛만 보아도 그가 가슴에 병을 앓고 있다는 것을 알 수 있었다.

힘없는 기침이 격하게 쏟아져 나왔다. 남자는 품안에서 살구씨를 꺼내 이로 깨물었다. 짙은 살구향이 주위로 퍼지며 바람을 타고 멀리 날아간다.

비가 더욱 강하게 내린다. 오늘밤에는 무서운 추위가 몰려올 것 같다.

2

"**오**빠는?"

히카루가 우산을 들고 뛰어 들어왔다. 아까 묘지에서 본 아가씨다.

"대장님이라면 안쪽에."

이 집에서 모든 허드렛일을 도맡아 하는 도키조우가 격자문을 닦다 히죽거린다.

"신기한 일이네요."

"뭐가?"

"헤헤, 그야 아가씨가 이렇게 당황해서는 새하얀 정강이를 다 드러내놓고도……."

"시끄러! 건방진 놈."

히카루는 웃음기 하나 없는 얼굴로 노려보고 서둘러 안으로 들어갔다.

세쥬로는 화로 옆에 앉아 연통을 청소하고 있었다.

"아빠!"

히카루가 털썩 주저앉았다.

"어디 다녀오는 길이냐?"

"어디라니 뻔하잖아요."

"엄마 무덤에 다녀왔구나. 그러고 보니 오늘이 기일이었지."

세쥬로는 불단을 올려다보았다. 불단에 놓인 위패에는 아까의 묘비와 같은 이름이 적혀 있었다.

"으, 기분 나빠."

"흐음?"

세쥬로가 눈을 치켜떴다.

히카루는 눈썹을 찡그리며 좌불안석이다.

"왜? 무슨 일 있었느냐?"

"이상한 사람이……."

"뭐?"

"오다가 이상한 사람을 만났어요. 나한테 교안지가 어디냐고 묻더라고요."

"그리고?"

"그게 다에요."

"그 정도 일로, 너 답지 않구나."

뭘 그라냐는 듯이 한마디 던진 세쥬로는 다시 화로 청소에 열중했다. 오십대의 연배. 광대가 두드러진 날카로운 얼굴에 남을 압도할 만한 거만한 눈빛은, 범인 체포를 담당하는 경호 임무로 가업을 이룬 사람에게 당연한 용모일지도 모른다.

히카루는 상대도 해주지 않는 아빠와 아까의 끔찍한 두려움

을 밖으로 표현할 수 없는 자신의 입에 짜증이 났다.

'아직도 이렇게 가슴이 두근거리는데······.'

기분이 상한 히카루가 벌떡 일어서서 가니 세쥬로는 그제야 청소하던 손을 멈추고 딸의 뒷모습에 눈길을 주었다. 허리부터 허벅지까지, 날씬하게 뻗은 여성스러운 곡선을 세쥬로가 그윽한 눈으로 바라보았다.

히카루는 툇마루에 서서 내리는 비에 멍한 시선을 보냈다.

'살구가 언제쯤 열매를 맺지?'

추위가 무섭게 사무쳤다. 이 비가 눈으로 바뀔지도 모르겠다.

3

비는 저녁부터 진눈깨비로 바뀌었다.

시간은 아직 이른데도 하늘이 온통 어둠으로 물들면서 거리에 등불이 켜지고 완연한 밤 같다.

목욕탕에서 막 돌아온 오겐은 거울 앞에 자리를 잡고 앉아 열심히 하얀 분을 두드리고 있다.

"오요시, 오요시!"

오겐이 갑자기 큰 소리로 하녀를 불렀다.

"얜 또 어딜 간 거야. 오요시, 밖에 손님 오셨나보다."

그러나 안쪽으로 쓰레기를 버리러 간 오요시에게 그 소리가 들릴 리 없다.

"정말 뭐 하나 빠릿빠릿하게 하는 게 없다니까."

오겐은 짜증을 내며 서둘러서 옷을 걸쳐 입고 현관 쪽으로 나갔다.

"오래 기다리셨죠? 죄송합니다. 누구세요?"

오겐은 격자문 틈으로 밖을 내다보았다. 손님은 어둠 속에 서 있었다.

"안으로 들어오세요."

"실례합니다. 잠깐 묻고 싶은 것이……."

비옷을 입은 검은 그림자가 새된 목소리로 낮게 속삭였다.

"여기가 우시노스케 대장의 댁인가요?"

"네, 그런데요……."

오겐은 그제야 상대방이 어딘가 이상하다는 것을 눈치 챘다.

"대장님은 계십니까?"

"지금 안 계시는데, 당신은 누구세요?"

그림자는 느릿느릿 발길을 돌려 걷기 시작했다.

"교안지에서 왔다고 전해주십시오."

"교안지? 주지 스님의 심부름꾼이에요?"

그러나 남자의 그림자는 진눈깨비에 가려져 보이지 않았다.

"뭐야. 앗, 추워!"

오겐은 짜증을 내면서 쾅 소리를 내고 격자문을 닫았다.

'근데 뭐지? 살구향인가?'

오겐은 화상으로 일그러진 남자의 얼굴을 떠올리면서 자신도 모르게 몸을 부르르 떨었다.

"오요시!"

"네."

"집안 곳곳 문단속 좀 해봐. 밖에 이상한 녀석이 어슬렁거리고 있어."

'그건 그렇고 오늘 따라 그 이의 귀가가 늦네?'

상가의 등불이 어둠 속에서 희미하게 물기를 머금고 있다. 그 축축한 조명 속을 은색으로 빛나는 진눈깨비가 소리도 없이 내린다.

저벅 저벅. 발소리가 들린다.

불쑥 등불 그늘 안에서 떠오른 얼굴은 마흔 살 정도의 날카로운 용모의 남자.

"오겐!"

"어머, 오늘 왜 이리 늦었어요."

오겐이 뛰어나오는 소리가 들리더니 잠시 후 곧 문이 닫혔다.

등불에서 약간 떨어진 근처 어둠에서 남자의 조용한 호흡이 계속되고 있다.

'우시노스케⋯⋯.'

그는 몇 번이고 그 이름을 되뇌었다.

살을 에는 듯한 추위다.

어둠과 함께 그 자리에 얼어붙은 듯 서 있던 남자는 잠시 후 느릿느릿 걷기 시작했다.

지친 듯 몇 번이나 발걸음을 멈추고 쉬면서, 그 집 주위를 몇 번이고⋯⋯.

"잘은 모르겠지만 어딘지 기분 나쁜 남자였어요."

화로 너머로 우시노스케에게 술잔을 권하면서 오겐은 유난히 오늘따라 아무리 마셔도 취하지 않는 술을 남자 탓으로 돌렸다.

"여행객 차림에 새된 목소리로 얘기하는 녀석이라고?"

우시노스케도 시무룩한 얼굴로 되물었다.

"그래서 내가 이름을 물었더니 교안지에서 왔다고 전해달라는 거예요."

"뭐?"

우시노스케가 깜짝 놀란 듯 소리를 높였다.

"당신 지금 교안지라고 그랬어?"

"왜 그래요?"

오겐은 우시노스케의 놀란 모습에 걱정스러운 듯 이마를 찌푸렸다.

"아니……."

우시노스케는 고개를 젓고는 난폭하게 술잔을 입으로 가져갔다. 그의 눈이 차갑게 빛났다.

"그게 아니라, 대장님 댁의 히카루 양 말이야. 오늘 어머니의 무덤에 다녀오는 길에 당신이 말한 것과 비슷한 녀석을 만났다는 거야. 그 녀석 역시 교안지가 어디냐고 물었다더군."

"그럼 그 남자가 일부러 당신을 만나러 온 걸까요?"

우시노스케의 얼굴에 묘하게 핏기가 사라졌다.

"혹시 누가 우리 집 주위를 어슬렁거리는 거 아냐?"

우시노스케는 지금은 많은 부하들을 거느리고 당당하게 자립해 있지만 예전에는 세쥬로의 오른팔로 그의 수하였다.

4

진 눈깨비는 밤부터 완전히 눈으로 바뀌었다.

새벽에 동이 트면서 날이 개이나 했지만, 오후가 되자 다시 눈이 내리기 시작했다.

지붕에도 길에도 이미 상당한 두께로 쌓였다.

기온이 더 떨어지고 저녁부터 바람까지 심하게 분다.

"대장님! 대장님, 계십니까?"

바람 속에서 누군가 부르고 있다.

오요시가 얼른 나가 손님을 만나고 돌아왔다.

"큰 대장님께서 부르신다고 지금 심부름꾼이 왔는데요."

"지금?"

'이런 눈보라 속에 무슨 일이지?'

우시노스케는 눈살을 찌푸리면서 현관으로 나갔다.

"뭔가? 큰 대장님의 용무라는 게?"

"세쥬로 대장님께서 지금 바로 와달라는 전언입니다."

평소에 안면이 있는 순찰담당이다.

"무슨 일인데?"

"글쎄요, 그건 저도 잘……."

"내일 아침에는 안 되겠냐고 물어봐주겠나."

"저기 그게, 교안지가 어쨌다던가 뭐 그런 얘기였는데……."

"뭐? 교안지?"

우시노스케는 깜짝 놀란 듯이 눈을 동그랗게 떴다.

"그게 진짜인가?"

그렇게 물으며 우시노스케는 이미 현관에서 내려와 신발을 신고 있었다.

"오겐, 아무래도 잠시 대장님 댁에 다녀와야겠네."

"어머, 이런 눈보라 속에. 비옷이라도 입고 갈래요?"

"아니 됐어."

우산을 집어 들고 밖으로 나갔다.

"어이쿠, 바람이 대단하군."

❋

"여우한테 홀린 것 같은 얼굴을 하고 계시네요."

히카루가 우시노스케의 얼굴을 보며 웃고 있다.

"이렇게 심한 눈보라에는 여우 꼬리도 구경하기 힘들 겁니다. 그런데 대장님은 정말 모르시는 일입니까?"

"글쎄 난 모르는 일이야. 자네를 부른 기억은 없네."

세쥬로는 도키조우의 안마를 받으면서 눈으로 뒤덮인 우시노스케의 모습을 뚫어지게 바라보았다.

"그럼 그건……."

우시노스케는 어두운 얼굴을 하고 잠시 생각에 잠겼다.

"역시 그런 건가……."

"뭐가 역시란 말인가?"

"죄송합니다. 바로 돌아가 봐야겠습니다. 자세한 건 나중에……."

우시노스케가 자리에서 벌떡 일어났다.

"뭘 그리 서두르세요. 차라도 한 잔……."

"아닙니다, 아가씨. 고맙습니다."

우시노스케의 배웅을 나온 히카루가 한마디 건넨다.

"조심하세요."

"뭘 말입니까?"

"살구 냄새가 나는 녀석 말이에요."

"네?!"

우시노스케는 그 집을 뛰쳐나와 우산도 쓰지 않고 뛰어갔다. 그는 마을 모퉁이에 있는 초소 안으로 번개처럼 뛰어들었다.

"네 이놈!"

그는 조금 전에 심부름을 온 순찰담당을 두들겨 팰 듯한 기세로 노려보았다.

"이 자식, 잘도 거짓말을 했겠다?"

"무, 무슨 말씀이세요? 대장."

"시치미 떼지 마. 세쥬로 대장은 우시노스케 따위에게 용무가 없다고 하셨단 말이다!"

"네?"

순찰담당이 자리에서 벌떡 일어났다.

"하, 하지만, 아까 새로운 부하 한 사람이. 여기 이렇게 심부름 삯까지 주면서······."

"새로운 부하? 혹시 그 녀석이 낯짝에 화상 흉터가 있는 말라깽이 같은 녀석이었나?"

"네, 네. 그래서 저는······."

다음 순간 우시노스케는 신발도 우산도 모두 버려둔 채 미친 사람처럼 달려갔다.

5

시노스케가 집을 나선 후 오요시도 목욕탕에 갔다. 탕에 들어간 오겐은 노곤한지 실눈을 뜨고 졸고 있다. 따뜻해진 손발이 제 몸이 아닌 듯 무겁게만 느껴졌다. 그녀가 읽다 만 책이 떨어질듯 말듯 아슬아슬하게 놓여 있다.

순간 오겐이 움찔하며 고개를 들었다.

'뭐지? 발소리?'

집 밖을 느릿느릿 움직이는 이상한 기색이 느껴진다.

'우리 집 하인인가? 그럼 다행인데. 아니야, 뭔가 느낌이 안 좋아.'

툭툭, 조심스럽게 귀를 기울여봤지만 덧문을 때리는 눈 소리만 들린다.

'그래 이렇게 바람이 심한데 난리가 난다고 해도 들릴 리가 없지.'

그냥 기분 탓일 거라 여기며 오겐은 마음을 진정시키려 했다.

등불이 심하게 흔들린다.

'어디 창문이라도 열렸나?'

오겐은 마지못해 일어나 문단속을 하기 위해 현관으로 나가보았다.

안쪽 현관, 창문, 그리고 부엌 쪽… 모든 덧문은 확실하게 닫혀 있다.

그때였다.

'어!?'

갑자기 숨이 턱 막힐 만큼 진한 살구향이 퍼지더니, 등불이 당장이라도 꺼질 듯이 어두워졌다.

"누, 누구!?"

두 개의 마른 팔이었다. 뒤에서 한 쪽은 목 쪽으로 또 한 쪽은 품속으로 파고들어 소리조차 내기 힘들 정도로 꽉 조여 왔다.

내리는 눈 소리. 등불의 흔들리는 그림자.

'으윽, 괴로워……'

잠시 후 모든 것이 여자의 의식 밖으로 사라져버렸다.

우우우… 하고 야수처럼 낮게 끙끙거리는 소리가 들리더니, 힘없는 기침이 대여섯 번 터져나왔다.

이 모든 것이 순식간에 일어났다.

❊

미친 사람처럼 눈보라를 헤치며 달려온 우시노스케는 문턱에 선 순간 아무 생각이 나지 않았다.

집안은 깔끔하게 정리되어 있고 등불도 밝게 빛나고 있었다.

"오겐!"

우시노스케는 아내의 이름을 부르면서 불안한 듯 집안을 둘러보았다.

'어디에 가버린 거야? 또 목욕탕에 갔나?'

순간 멈춰 선 우시노스케의 눈길이 발밑으로 향했다. 고타츠에서 바닥으로 떨어진 책이 누군가 밟아 뭉개 놓은 듯 심하게 구겨져 있었다.

우시노스케의 눈꺼풀이 약하게 떨렸다. 오른손은 어느새 품 안의 쇠몽둥이를 쥐고 있다.

'설마?'

문득 정신을 차리고 보니 살구향이 코끝에서 아른거렸다.

"오겐! 오겐!"

우시노스케의 얼굴이 일그러졌다. 당장이라도 울음을 터트릴 듯한 표정이었다.

'젠장! 그 놈은 대체 누구야?'

우시노스케는 다시 뛰쳐나갔다.

아내의 목소리가 바로 옆에서 들리는 것 같았다.

눈은 좀처럼 그칠 기색이 보이지 않는다. 오른손에 쇠몽둥이를 든 채 꼼짝 않고 서서 처마 끝을 바라보고 있는 우시노스케의 몸이 곧 눈으로 뒤덮여 새하얗게 변했다.

아침이 밝았지만, 눈발은 조금 약해졌을 뿐 계속 내리고 있다. 하지만 바람이 바뀌었으니 눈도 곧 그칠 것이다.

'오겐……'

우시노스케는 아직도 행방을 알 수 없는 아내에 대해 생각하며 음울한 표정을 짓고 있다.

'이상한 일이야……'

"조금도 이상할 거 없네."

세쥬로가 냉소하며 말했다.

"자네는 여자에게 너무 물렁한 게 문제야."

"대장, 혹시 산지에 대해 얘기하는 겁니까?"

물론 우시노스케 역시 산지에 대해서도 조사해보았다. 그러나 오겐과 이상한 관계라고 소문난 그 남자는 어젯밤에 대갓집 나리님들과 같이 시간을 보냈다고 한다.

"하지만 산지가 어제 어디에 있었던들 하고자 마음만 먹는다면 못할 게 뭐 있겠나?"

'설마 그렇게까지……'

우시노스케의 마음이 더욱 무거워졌다. 차라리 산지가 그런 거라면 오히려 그에게 기꺼이 양보한다고 해도 마음에 미련은 남지 않을 것이다.

'그런 걸까? 하지만 그 살구향은?'

마을은 동료들에 의해 개미 한 마리 지나갈 틈도 없이 포위되었다. 그들은 일일이 집을 방문하면서 그 범위를 서서히 좁혀갔다.

'이상한 일이야. 대체 어디로 사라졌을까?'

우시노스케의 귀에는 오겐의 비명소리가 끊임없이 들리는 것 같았다.

'어딘가, 분명히 어딘가 가까운 곳에 있을 거야!'

7

"저기, 대장. 교안지의……."

"교안지? 그게 뭐?"

"제 생각으로는 교안지, 화상 입은 남자에 살구향까지… 대장, 혹시 그 절에 무슨 일이 있었습니까?"

"있었다니, 뭐가?"

애초에 공포라는 감정 자체를 모르는 듯한 세쥬로다.

"뭐라니요. 제가 어젯밤에 녀석에 대해 생각해봤는데……."

"교안지에 있는 거라 해봤자 기껏 해야 묘비 같은 거겠지."

"네?! 묘비?"

우시노스케는 무엇에 놀랐는지 갑자기 자리에서 펄쩍 뛰었다. 그리고 세쥬로의 냉소를 보며 쓴웃음을 지었다.

"이 사람, 뭘 그리 벌벌 떠나? 벌써 묘비를 무서워하는 나이가 된 건가?"

스스로도 무엇에 놀랐는지 잘 모르겠다. 하지만…….

'춥다!'

우시노스케는 등줄기를 타고 흐르는 식은땀에 몸을 흠칫 떨면서 일어났다.

"대장님, 아가씨는?"

❋

하늘이 무겁게 내려앉은 것이 해질 무렵의 어둠 같다.

높인 쌓인 눈에 길이 막혀 지나다니는 사람을 찾아볼 수없다.

"앗, 추워!"

"감기라도 걸린 거 아니에요?"

우시노스케의 등 뒤에서 우산을 쓴 그림자가 나타났다.

"우산 잊어버리고 가셨지요?"

그렇구나. 갑작스레 떠오른 생각 때문에 우산도 잊고 나
왔다.

"아, 히카루 양."

"오겐 씨가 아니라서 죄송해요."

"무슨 그런 소리를. 농담으로라도 그런 말 마십시오."

"정말 죄송해요. 아직…이지요? 오겐 씨의 행방은."

아무 대답이 없던 우시노스케는 잠시 후 한숨을 쉬듯 내뱉
었다.

"아직 살아 있기는 하려나?"

히카루는 우산을 쥔 손을 부들부들 떨며 아무 말이 없다.

"아가씨는 어디 가시는 길입니까?"

히카루는 이 질문에 답을 하지 않았다.

"아저씨가 지금부터 가려는 곳이 어딘지 제가 맞춰 볼까
요?"

"어디 한 번 맞춰보시지요."

"교안지, 맞지요?"

"바로 들통나버렸군. 아가씨는?"

"저도 같이 데려가 주세요."

"교안지에요?"

"네. 왠지 마음에 걸려서요. 혼자 가기에는 너무 무섭고…

구신 울음 소리

사실 그 남자를 또 봤어요."

우시노스케는 히카루의 창백한 옆얼굴로 시선을 던졌다.

"어제 집 옆에서… 창밖을 보고 있었거든요. 눈보라가 너무 들이쳐서 활짝 열 수도 없었는데 왠지 신경이 쓰이더라고요. 그랬더니 눈보라 너머로……."

히카루는 작은 목소리로 두려움에 떨며 주위를 둘러봤다.

"내가 왜 이렇게 겁쟁이가 된 거지? 그런 이상한 남자 때문에… 내가 왜?"

✿

교안지의 경내에는 이미 해가 저물었다. 차가운 바람이 뼛속까지 사무치게 불어온다.

묘비도 사리를 안치한 탑도 모두 눈으로 덮여 있고 빽빽한 나무의 그늘이 그 위로 짙게 드리워져 있다.

우시노스케와 히카루가 조용히 그 사이를 지나갔다.

무엇을 위해? 어디로? 그건 두 사람도 모른다. 그들이 알고 있는 것은 그 남자가 이 묘지에 온 적이 있다는 것뿐이다.

"어머, 아저씨?"

히카루가 깜짝 놀란 듯 소리를 질렀다. 앞서 가던 우시노스케가 갑자기 앞으로 몸을 숙이는 것을 보고는 고꾸라지는 건가 싶어 놀란 것이다. 하지만 우시노스케는 묘비 옆에서 눈에 뒤덮인 어떤 물체를 파내고 있다.

"삿갓!"

"그, 그 삿갓은……."

우시노스케의 눈이 번쩍 빛났다.

"이 자식. 여기에 와 있었구나."

우시노스케는 비석의 눈을 털고 거기에 새겨져 있는 문자를 자세히 들여다보았다.

"뭐라고 씌어 있어요?"

–향년 26세, 이름 만타로–

"만타로……."

"만타로?"

우시노스케는 초조해 하며 고개를 저었다.

"말도 안 돼. 어떻게 된 거지?"

우시노스케는 옆에 있는 히카루도 알 수 있을 정도로 심하게 부들부들 떨면서 당황한 표정으로 주위를 둘러보았다. 그리고는 어깨를 축 늘어뜨렸다.

"이 근처에 살구나무가 있었나?"

그는 혼잣말처럼 중얼거렸다.

"살구나무? 아저씨……."

'아니야, 그럴 리가 없어. 그럴 리가……'

하지만 확실히 살구향이 풍겨왔다.

주위는 완전히 해가 저물어 어두워졌다.

8

하루 종일 내린 눈은 길 위에 두텁게 쌓여 강철처럼 얼어붙었다.

잿빛 하늘에 찬바람이 매섭게 분다. 날카롭게 파고드는 냉기. 시끄럽게 날아다니는 까마귀.

팔짱을 낀 세쥬로는 슬쩍 까마귀를 한번 쳐다보고는 다시 기분 나쁜 표정으로 걸었다.

'모두 미친 거야.'

그러나 무슨 일일까. 이제 우시노스케의 행방마저 알 수 없다.

'이번에는 이중삼중으로 포위망까지 쳐져 있었어. 그런데 어떻게 우시노스케의 모습이 하룻밤만에 감쪽같이 사라졌지?'

세쥬로의 다부진 어깻죽지가 바르르 떨렸다.

'정말 이상한 일이야. 한 집도 남김없이 모두 뒤져서 찾아봤는데도 오겐이랑 우시노스케의 흔적은커녕 그 얼굴을 봤다는 녀석조차 나오지 않다니!'

세쥬로는 얼어붙은 눈 위를 넘어질 듯 휘청거리다가 간신히 똑바로 섰다.

그때 그의 옆을 가마 한 대가 스쳐 지나갔다.

"쳇!"

무심히 혀를 차고 걸어가려던 세쥬로는 갑자기 발걸음을 멈췄다. 번뜩이는 그의 눈길이 눈표면 위를 향하고 있었다.

하얀 눈에 스며든 검붉은 물방울이다.

잘 보면 한두 걸음 앞에도, 그리고 그 앞쪽으로도 같은 물방울이……

세쥬로는 모퉁이 너머로 사라지고 있는 가마를 홱 노려보고는 서둘러 걷기 시작했다.

어디로 가는 가마일까? 수상하다. 가마가 지나간 자리에는 점점이 검붉은 물방울이 떨어졌다.

세쥬로는 가마를 불러 세워서 안을 조사해볼까 하다가 그냥 뒤를 밟기로 했다. 행선지가 바로 근처인 것 같았다. 가마는 분주하게 모퉁이를 두어 번 돌더니 어느 집의 처마 밑에 멈춰 섰다.

귀신 울음 소리

"아!"

세쥬로는 어이가 없어 입을 딱 벌리고 섰다.

'여긴 우리 집이잖아!'

세쥬로가 달려갔다.

"거기, 가마!"

집 안에 대고 소리를 치려던 가마꾼이 그 소리에 뒤를 돌아보았다.

"아, 대장님."

세쥬로는 가마의 덮개를 젖혔다.

'뭐? 비었어?'

그 안은 텅 비어 있었다.

"이게 어찌 된 일이지?"

세쥬로가 안을 가리키며 화를 냈다.

"저, 그게 부탁을 받고……."

"확실하게 대답하거라."

"그러니까 그게, 요 앞에서 품삯을 잔뜩 주면서 부탁을 하기에……."

"타고 있던 녀석은 어떻게 된 거냐?"

"아니오. 누가 탄 게 아니라 기름종이 꾸러미만 주고는 그걸 대장님에게 배달하라고 했습니다."

"뭐라고?"

가마 안 한쪽 구석에 가늘고 긴 기름종이 꾸러미가 놓여 있었다.

꺼내 보니 종이 꾸러미의 찢어진 틈으로 검붉은 액체가 흘러나왔다. 이상한 악취도 풍겼다.

'피다⋯⋯.'

기름종이를 열어 보았더니⋯.

세쥬로는 눈 한번 깜빡이지 않고 그것을 응시하고 있다. 그러나 힘겹게 누르고 있는 그의 가슴 밑에서는 지금 당장이라도 미쳐 날뛸 것 같은 두려움이 요동질 치고 있었다.

인간의 팔!

게다가 그 손목에 있는 문신이 그의 눈에 익숙했다. 그건 바로 우시노스케의 팔이었다.

"부탁한 녀석이란 게 누구냐!"

천하에 무서울 것이라고는 없는 세쥬로의 목소리가 조바심을 내며 떨리고 있었다.

"그게 얼굴 한쪽에 심한 화상이 있는⋯⋯."

가마꾼 아이는 피범벅이 된 팔을 보고 부들부들 떨면서 대답했다.

바람에 세쥬로의 손에서 기름종이가 날아가면서 거기에 남

귀신 울음 소리

아 있던 선혈이 물보라처럼 퍼져나갔다.

'건방진 놈. 감히 이 세쥬로님에게 도전을 했겠다!'

9

히카루는 뻣뻣하게 굳은 몸을 부들부들 떨고 있다.

그 남자의 얼굴이 바로 코앞에서 히카루의 얼굴을 지긋이 바라보고 있다. 무섭게 보여야 할 그의 눈 속에서 이유를 알 수 없는 그리움이 느껴진다. 그러나 그 표정만은 나무 조각처럼 잿빛으로 물들어 있다.

히카루는 도망을 치려했지만 꼼짝도 할 수 없다.

"아아……."

남자의 입에서 탄성 같은 한숨이 흘러나왔다.

"닮았어……."

히카루는 비명을 지르려 했지만 혀가 마비된 듯 움직이지 않았다.

"닮았어……."

가면처럼 차갑게 굳은 기분 나쁜 얼굴이 두세 번 기침을 했다.

이곳은 히카루의 집 안쪽으로, 정원에 서 있는 히카루와 길에 있는 남자의 사이에는 낮게나마 돌담이 둘러져 있다.

히카루는 필사적으로 힘을 내서 겨우 입술을 뗐다.

"당, 당신……."

잿빛 하늘에 바람이 윙윙 소리를 내며 불어온다. 뼛속까지 스며들만한 엄청난 힘이다.

"대체 당신은 왜? 왜 우리를 괴롭히는 거예요!"

히카루의 목소리는 속삭이듯 낮았다.

남자의 표정은 가면처럼 움직이지 않는다.

"아아……."

입 안에서 뭐라고 중얼거리던 남자가 갑자기 휙 하고 몸을 돌려 터벅터벅 걸어갔다. 짙은 살구향을 남긴 그의 힘없는 기침소리가 점점 멀어져갔다.

히카루는 넋이 나간 사람처럼 비틀거렸다. 그리고 절규하며 달려갔다.

"아, 아빠!"

❁

집에서 뛰쳐나온 세쥬로의 모습은 무시무시했다. 그는 맨발로 눈밭을 달려나왔다.

'아직 그리 멀리 가지는 못했을 거야!'

세쥬로는 남자의 모습을 발견하기 전까지는 걸음을 멈출 수 없었다. 세쥬로가 찾던 그 남자는 얼빠진 사람처럼 고개를 푹 숙이고는 느릿느릿 그림자처럼 걷고 있었다.

"이 자식! 거기 서!"

과연 호랑이라는 소리를 들을 만큼 세쥬로의 목소리는 우렁 찼다.

남자는 멈춰 섰다. 하지만 돌아보지 않는다.

그들 앞에는 탁한 물이 소용돌이치면서 큰 소리로 흐르는 강이 있다. 남자는 멍하니 그 흙빛 물을 바라보고 있다.

"이놈!"

세쥬로의 성난 목소리가 그의 목덜미까지 바짝 다가왔다.

남자는 천천히 뒤를 돌아보았다. 검붉은 화상 흉터가 있는 가면 같은 얼굴.

그와 눈을 마주친 순간 차디찬 무언가가 세쥬로의 전신을 훑고 지나갔다. 그 날카로운 감각이 갑자기 그를 광적으로 날 뛰게 만들었다.

"이놈! 웬 놈이더냐!"

쇠몽둥이가 은색 빛줄기를 그리며 하늘을 날아갔다.

"우우욱!"

남자의 입술 사이에서 이상한 신음 소리가 터져나왔다.

이마가 쩍하고 갈라지고 튀어오른 피가 바람 속으로 춤추듯 날아가더니, 활처럼 휜 몸이 탁한 물속으로 순식간에 사라졌다.

오히려 아연실색한 세쥬로는 피에 젖은 쇠몽둥이를 축 늘어뜨렸다.

짙은 살구향이다. 그 향을 맡고 있으니 토할 것처럼 가슴이 메슥거렸다.

'아, 저 눈! 저게 누구였지?'

10

세쥬로는 무언가에 몰두할 때면 눈초리가 홱 올라간다. 지금이 바로 그때다.

"하지만 대장, 무덤을 파헤치라니……."

도키조우가 떨리는 목소리로 말했다.

"귀신이 저주라도 퍼부을까봐 무서운 게냐?"

"그건 아니지만, 허락없이 무덤을 파는 건……."

"시끄럽다! 뭔 말이 그리 많아. 바보 같은 놈. 너는 그저 내가 하라는 대로 조용히 파기만 하면 되는 거야!"

날이 흐려서 그런지 오늘따라 하늘의 달도 보이지 않는다. 깜깜한 어둠 속에 초롱불이 하나 흔들리고 있고, 그 그늘에서 세쥬로와 도키조우가 움직이고 있다. 교안지의 안쪽 무덤이다.

―향년 26세. 이름 만타로―

도키조우는 비석을 쓰러뜨리고는 괭이로 슥슥 소리를 내며 열심히 땅을 긁어댔다.

눈이 치워지고 이윽고 흙이 파여 간다.

"대장……."

도키조우가 작은 목소리로 속삭였다.

입을 크게 벌린 구멍 아래로 썩은 관의 덮개가 머리를 내밀고 있다.

"열어 보거라!"

"하지만, 대장."

"얼른 열어!"

도키조우는 한 손을 뻗어 그 뚜껑을 움직였다. 또 다른 손에 들고 있는 초롱불이 바르르 떨리고 있다.

"앗! 비었다! 비었습니다."

"비었다고? 비었어?"

뒤에서 들여다 본 세쥬로가 신음하듯 같은 말을 중얼거렸다.

'역시 그랬단 말인가. 그 녀석이 만타로였구나.'

20년.

'벌써 그렇게 되었나?'

부모에게 물려받은 돈이 조금 밖에 없어서 경호대원의 직업을 팔려고 내놓은 만타로. 그는 항상 세쥬로에게 눈에 가시 같은 존재였다.

기회가 돼서, 사실 그 기회는 세쥬로와 우시노스케 일당에 의해 조작된 것이 확실했지만, 어쨌든 어떤 수사 현장에서 만타로가 불을 뒤집어썼고, 죽은 만타로는 교안지의 무덤에 묻혔다.

'그 녀석은 죽은 게 아니었어. 그런데 어떻게 다시 살아난 거지? 어떻게 무덤에서 나왔을까?'

히카루의 엄마, 죽은 아내와 지금 자신이 살고 있는 집도 사실은 만타로의 것이었다.

'이 놈이 지금껏 날 증오하고 있구나.'

그런데 왜 20년이나 지난 지금에서야? 분명 오랫동안 에도를 떠나지 않으면 안될 사정이 있었던가, 혹은 무덤에서 빠져

나왔을 때 기억상실증에 걸려…. 그랬던 것이 지금에 와서 갑자기 제정신으로 돌아와서…….

"대장."

도키조우가 겁에 질린 목소리로 속삭였다.

"괜찮으십니까? 집안 분은? 히카루 씨는?"

"멍청한 놈!"

'녀석은 죽지 않았단 말인가! 하지만 이번에야말로 확실히…….'

11

죽 었다?
진짜일까?

교안지의 무덤을 파헤치는 사이에 집에서는 히카루의 모습이 갑자기 사라졌다.

"아아, 히카루!"

세쥬로는 머리를 쥐어뜯으며 피를 토하듯 소리쳤다. 그러나 히카루의 행방은 전혀 알 수 없었다.

'히카루! 히카루!'

세쥬로에게는 계속해서 히카루의 비명이 들리는 것 같았다.

'어딘가에 있어. 아직 살아 있어!'

하지만 어디에 있을까?

그날 밤 지친 몸을 눕힌 세쥬로의 귓가에 고양이 울음소리가 들렸다.

"저건 히카루의 고양이다!"

세쥬로는 딸이 돌아온 게 아닐까 싶어 벌떡 일어났지만, 히카루가 아끼는 고양이의 울음소리가 한번 크게 들렸을 뿐 다시 밖이 조용해졌다.

"도키조우! 얼른 집 밖을 둘러보거라!"

세쥬로는 기세 좋게 밖으로 나갔지만 잠시 후 교살당한 고양이의 사체를 들고 힘없이 돌아왔다.

'확실히 집 밖에까지는 왔었구나. 이번에야말로 살아 있을 리가 없다고 생각했는데……'

온몸에 소름이 돋았다.

"도키조우, 물을 끓여라. 차라도 마셔야겠다."

세쥬로는 머리를 감싸 쥐고 불씨가 죽은 화로 앞에 앉았다.

그의 코끝으로 희미하게 살구향이 풍겼다.

깜짝 놀라 올려다 본 시선이 화로 끝 판자 위로 떨어졌다.

"아!"

그 이상한 물체를 뚫어지게 바라보았다.

귀신 울음 소리

"손가락이다!"

뿌리부터 잘린 여자의 엄지손가락. 지금 당장이라도 움찔움찔 움직일 것만 같다.

"히, 히카루……."

아연실색해서 일으키던 몸이 힘없이 털썩 바닥으로 떨어졌다.

❋

광기와 같은 조사가 계속되고 있다.

이 집의 주위로 몇 겹으로 포위망이 쳐졌다.

하지만 바람 같은 남자에게 이런 포위망이 무슨 소용이 있을까.

마치 그들을 비웃기라도 하듯 이번에는 살구향과 뿌리째 잘린 집게손가락이 부엌 쪽 선반 위에 놓여 있었다.

"히카루! 히카루!"

경호대장으로서의 자부심과 긍지를 잃어버린 세쥬로가 아이처럼 소리를 지르며 울고 있다.

하지만 이런 세쥬로의 마음 속 동요와는 상관없이 이 끔찍한 일은 계속 일어났다.

그 다음날은 방금 전에 잘린 듯한 피투성이의 귀가, 거기에는 세쥬로가 확실히 기억하고 있는 검은 점이 보였다.

그리고 그 다음날에는······.

아직도 흐린 날씨가 계속 되고 있다.

날이 개이나 싶으면 어느새 다시 눈이 내리기 시작한다. 추위가 계속 되면서 쌓인 눈이 녹을 생각을 않는다.

울적한 것은 잿빛 하늘만이 아니다. 세쥬로가 미쳐버렸다는 소문도 들려왔다.

어디선가 사람들이 와서 주인 없는 집에 손을 대기 시작했다.

그 사람들은 집 안쪽 다락 밑의 벽을 부수기 시작했을 때 나온 두 개의 사체를 보며 무슨 생각을 했을까.

지붕 안쪽의 한쪽 구석에는 머리를 들이밀고 들여다보아도 잘 보이지 않는 어두운 한 구석이 있었고 거기에는······.

귀 한 개에 손가락 두 개가 잘린 알몸뚱이의 여인과 이마가 갈라지고 얼굴에 화상 흉터가 있는 남자의 두 시체가 겹쳐진 채 썩어 문드러져 있었다. 그 부근에는 살구씨가 바닥에 흩어져 있었는데, 그 냄새가 어찌나 강렬한지 사체와 벽에 강하게 배어 좀처럼 사라지지 않았다고 한다.

그리고 같은 시기에 쌓인 눈이 녹으면서 우시노스케의의 집 정원의 한쪽 구석에서 팔이 없는 남자와 여자의 사체가 발견되었다는 소문도 어수선한 바람과 함께 거리를 휘젓고 다녔다. 이 추위가 언제까지 계속 될까. 거리의 사람들은 끊임없이 떠도는 소문과 함께 살을 에는 추위가 끝나는 날을 생각했다.

시간

요코미츠 리이치

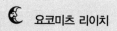

요코미츠 리이치

요코미츠 리이치는 무명시절이 거의 없이 등단해 작품활동을 했다.

일본 고대 역사를 소재로 한 단편 〈태양〉을 발표하며 문단에 화려하게 등장했고, 이후 〈파리〉 등의 작품으로 기쿠치 간에게 인정을 받았다. 그리고 1924년에는 가와바타 야스나리 등과 〈문예시대〉를 창간하는 등 신감각파의 주요 작가로 대두되면서 문학사에 굵직한 획을 긋기도 했다.

항상 실험적인 정신으로 다양한 주제와 내용의 작품을 탄력적이면서도 화려한 문체로 써 내려간 그는 '소설의 신'이란 지칭까지 얻었다.

그의 주요 작품으로는 〈기계〉, 〈파리〉, 〈문장〉, 〈가족회의〉 등이 있다.

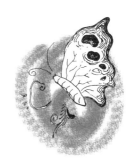

"잠깐 나갔다 올게."

우리를 먹여 살리던 단장이 이 한 마디를 던지고 외출한 지 벌써 일주일. 단장은 나타날 생각을 하지 않는다. 혹시나 하는 마음에 단원 가운데 한 명인 다카기가 단장의 짐 가방을 열어보았다. 가방 안은 이미 텅 비어 있었다.

단장이 우리를 버리고 혼자 줄행랑을 쳤다!

모두들 난리가 났다. 이제 그동안 밀린 숙박료는 어떻게 치러야 한단 말인가. 걱정은 되는데 딱히 뾰족한 수가 나오지 않는다. 결국 내가 대표로 여관 주인을 만나 사정 얘기를 하기로 했다.

"죄송합니다. 지금 우리 단원들이 자기 고향에 돈을 부쳐달라는 전보들을 쳤으니 곧 소식이 있을 겁니다. 돈이 도착하는 대로 밀린 여관비를 한꺼번에 계산할게요. 정말 죄송하지만 며칠만 더 기다려 주세요."

그러자 우리의 사정이 딱했는지 주인도 쾌히 승낙을 해주었다. 우리는 각자 고향으로 돈을 보내달라는 전보를 치긴 쳤다. 하지만 그 전보를 받고 돈을 보내준 집은 그리 많지 않았다. 게다가 그나마 돈을 받은 단원들은 자기들이 좋아하는 여자 단원만 쏙 빼서 둘이서 도망을 가버렸다. 그러다 보니 도망도 못 가고 남은 단원이 남자 여덟 명, 여자가 네 명이었다.

모든 여자 단원들이 자신을 좋아한다고 착각하며 늘 잘난 척하는 180센티미터의 장신 다카기. 노름을 세 끼 밥보다도 좋아하며 오로지 주사위 종지 속에 들어있는 주사위를 투시할 방법만을 연구하는 키노시. 술을 마시면 항상 미닫이문 종이를 핥아대는 사사. 여자 소지품이 취미인 변태 하치기. 팔씨름과 발씨름 재주가 능한 마츠기. 맨날 물건을 질질 흘리고 다니는 구리치. 소문난 구두쇠로 한번 주머니에 들어간 물건은 절대 돌려주지 않는 야시마 그리고 나. 이렇게 남자 여덟 명과 나미코, 시나코, 기쿠에, 유키코 여자 네 명으로 모두 열두 명이 남았다.

우리 열두 명은 애초부터 돈이 올 것이라고 기대도 하지 않았다. 사실 돈을 부쳐줄 만한 데가 있지도 않아서 처음부터 전보도 치지 않았다.

　며칠이 또 지났다. 이제 남은 열두 명 가운데 어느 누구도 돈이 나올 데가 없다는 것을 여관에서 눈치를 챘는지 우리의 일거수일투족을 감시하기 시작했다. 그리고 감시의 시작과 동시에 우리에게 제공되던 식사까지 끊겼다.

　제대로 된 식사를 하지 못하면서 단원들의 얼굴빛은 점점 사색이 되어 갔다. 굶주린 배를 물로 채우기에는 한계가 있는 법. 모두들 기운도 없어지고 의욕까지 잃어갔다. 이러다가는 모두 굶어 죽을 판이었다.

　이대로 죽을 수 없다는 생각에 우리는 머리를 맞대고 살길을 찾았다. 그리고 오랜 상의 끝에 나온 결론은 도망치는 게 상책이라는 것이었다. 열두 명이 한꺼번에 도망을 친다면 한두 명이 잡으러 온들 겁날 것이 뭐가 있으랴, 하지만 그렇게 떼 지어 도망치다가 운 나쁘게 한 명이라도 잡히는 날에는 그들에게 무슨 짓을 당하게 될지도 모르니 모두들 하나로 똘똘 뭉쳐서 같이 행동하기로 굳게 다짐을 했다.

　도망치기로 결정은 했지만 그렇다고 무턱대고 한꺼번에 우르르 도망쳤다가는 잡히기 십상이다. 게다가 여관측에서 힘깨나 쓰는 장정 몇 명을 임시로 고용해서 우리를 감시하고 있는 터라 섣불리 행동했다가는 죽도 밥도 안 된다. 그래서 우린 유일하게 여관에서 신경 쓰지 않는 목욕탕 가는 날을 이용하기로 했다. 그리고 경계가 제일 느슨한 비 오는 밤을 택했다. 섣불리 편안한 길을 골라잡아 도망치려 하다가는 붙잡히기 딱 좋으니 험난한 곳을 끼고 있는 바다 같은 길을 택해서 도망치는 게 좋겠다는 쪽으로 의견을 모으고 모두들 비 오는 밤을 기다리기로 했다.

우리가 한 방에 모여 도망칠 것을 상의하고 있는 사이 바로 옆방에는 무대에 올라 연기를 하다 뇌막염으로 쓰러진 후 지금껏 일어나지 못하고 있는 나미코가 혼자 누워 있었다. 이런 나미코를 어떻게 하면 좋겠느냐는 말이 나오자 누구 하나 섣불리 얘기를 꺼내지 못했다. 하지만 굳이 말을 하지 않더라도 그냥 내버려두고 도망치는 수밖에 없지 않느냐고들 생각하는 것 같았다.

나 역시 나머지 열한 명을 위해 나미코는 남겨 두고 갈 수밖에 없다고 생각했다. 이런저런 상의를 마친 후 우연히 나미코 옆을 지나칠 때였다. 그녀가 이불 속에서 손을 뻗어 나의 한쪽 발을 붙잡았다.

"모두들 도망치기로 한 거지요? 나만 두고 가지 말아요. 제발 나도 함께 데려가줘요."

나미코는 나를 붙잡고 울며불며 사정을 했다.

"내가 단원들과 한번 더 상의해 볼게. 일단 발은 놓아줘. 그래야 가서 얘기를 하지."

나는 겨우 달래서 그녀로부터 벗어날 수 있었다. 나는 바로 다른 단원들에게 상의할 일이 있으니 모여달라는 말을 전했다. 단원들은 내가 무슨 말을 하려는지 짐작한다는 듯 쓸데없는 짓 하지 말라는 눈짓을 나에게 보내왔다.

나는 그녀가 너무 딱하다는 생각이 들었다. 그래서 모두에게 그녀를 데려가자고 설득했다.

"그래도 그동안 한솥밥을 먹어온 처지인데 어떻게 나미코만 빼놓고 도망갈 수 있겠어? 그건 차마 못할 짓인 거 같아. 같이 데리고 가자."

"나도 전에 나미코에게서 버선 한 켤레를 받은 적이 있어요. 나미코는 너무 착한 아이에요. 그런 애를 혼자 두고 갈 수는 없어요."

그러자 시나코도 소맷부리를 받은 적이 있고, 기쿠에도 빗을 받은 적이 있다는 등 여자들은 너도나도 자기가 신세 진 이야기를 하며 무슨 일이 있어도 나미코를 꼭 데려가야 한다고 우겼다.

나는 남자들을 돌아보며 생각을 물었다. 모두들 아무 대답이 없었지만 간혹 내 소매를 넌지시 끌며 데려가선 안 된다는 신호를 보내왔다. 나는 빨리 결론을 내려야 되겠다는 생각에 모두에게 이렇게 말했다.

"몸이 불편한 나미코를 데려가는 게 쉬운 일은 아니지만, 그렇다고 혼자 남겨두고 갈 수는 없잖아? 힘들어도 어쩔 수 없이 그녀를 데려갈 수밖에……."

내 말에 단원들은 어쩔 수 없는 일이라며 고개들을 끄덕이는 것으로 그녀를 데리고 함께 도망가기에 찬성의 뜻을 보였다. 도망치기로 결정은 했지만 들키지 않고 안전하게 도망치기 위해서는 신경 쓸 일이 많다.

우선은 바다를 끼고 낭떠러지로 되어 있는 산마루를 4킬로미터 정도는 걸어가야 된다. 건강한 사람도 가기 힘든 길을 몸도 제대로 가누지 못하는 병자를 업고 가야 한다. 게다가 비오는 날 캄캄한 밤에. 어디 그뿐이랴. 여관 종업원들의 눈을 속이고 목욕탕에 가는 것처럼 허리에 수건을 차고 한 명씩 빠져나갔다가 약속한 장소에 모두 모여야만 한다. 그러려면 이만저만 힘든 일이 아니다.

나는 먼저 나미코에게 어느 정도 걸을 수 있는지 보여 달라고 했다. 그녀는 있는 힘을 다해 자리에서 일어났다. 하지만 몇 발짝 내딛고는 눈앞이 어찔하여 더는 못 걷겠다며 그 자리에 풀썩 주저앉아버렸다. 나는 나미코를 두고 우리만 도망간다는 것이 나미코에게 못할 짓을 하는 것만 같아 모두에게 나미코도 데려가자고 설득을 했었다. 하지만 나미코의 몸이 이 정도로 심각하다면 얘기가 달라진다.

차라리 그녀를 여기에 내버려 두는 게 본인을 위해서도, 또 모두를 위해서도 최선의 선택이라는 생각이 들었다. 나는 조심스럽게 나미코에게 얘기를 꺼냈다.

"설마 여관 주인이 아무리 나쁜 놈이라도 혼자 남은 병자를 죽이기야 하겠어? 내가 곧 돈을 마련하여 부쳐줄 테니 그때까지만 잘 참고 지내면 어떨까?"

"싫어요! 나만 여기 남겨둘 거면 차라리 날 죽이고 가요."

그녀의 이런 반응이 무리는 아니었다. 나 역시 먼저 나서서 그녀를 함께 데리고 가자고 주장했으면서 이제 와서 다시 그녀를 내버려 두고 가자는 말을 할 수는 없는 일이었다. 결국 나미코의 문제는 그냥 덮어둔 채 비 오는 날의 저녁을 기다렸다.

언제 내릴지 모르는 비를 쫄쫄 굶은 채 기다릴 수는 없었다. 우리는 목욕탕에 갈 때 옷가지를 들고 나갔다가 전당포에 맡기고 그 돈으로 빵 같은 것을 사와서 나눠 먹기도 하고, 때로는 아예 옷가지 하나를 팔아서 목욕탕에 갈 돈을 마련하기도 했다. 하지만 계속 그런 식으로 하다가는 나중에 우리가 타야 할 기차표 살 돈까지 모두 탕진할 수도 있는 일이다. 그런 불상사를 막기 위해 우리는 이제 담배 한 대도 피울 수가 없었다. 빵도 하루에 한 번 먹는 둥 마는 둥 하고, 주린 배는 물로 채우며 하루 종일 빈둥거리며 누워있어야 했다.

그러던 어느 날이었다. 아침부터 가을비가 부슬부슬 내리는가 싶더니 저녁때가 되면서부터는 심한 비바람으로 바뀌었다. 단원들은 오늘밤이야말로 도망치기에 알맞은 날이라 생각을 하고 아침부터 준비를 하며 밤이 되길 기다렸다.

나는 모두들 무사히 역에 도착한다 하더라도 그후 누가 누구랑 짝을 지어 어떻게 도망칠지 무척 궁금했다. 지금 남은 여자 4명과 남자 8명이 꼭 돈이 없어서 그렇게 됐다고는 말할 수 없다. 이들이 이렇게 된 이유에는 여자 한 명이 전부터 두 명 내지는 세 명의 남자들과 헤어지고 싶어도 헤어질 수 없는 관계를 맺고 있어서 어쩔 수 없이 남아있게 된 것도 있었다. 그 문제로 언젠가는 한바탕 소동이 벌어질 것은 불을 보듯 뻔한 일이었다.

그러나 밤이 깊어지면서 도망가야 될 시간이 임박했는데도 소동이 일어날 것 같은 낌새가 전혀 보이지 않았다. 그저 한 명, 두 명 수건을 들고 밖으로 나갈 뿐이다.

'뭐야? 나도 모르는 사이에 벌써 다들 짝지어서 도망가기로

결정된 건가?'

이렇게 생각하며 나 역시 도망칠 준비를 시작했다. 도망칠 준비라고 해봤자 갈아입을 옷 한두 벌을 보자기에 싸서 미리 담 밖에 대기하고 있는 단원에게 던지면 되는 것이다. 하지만 때가 때인 만큼 제일 늦게까지 여관에 남아 있는 것은 위험하다. 혹시라도 누군가 나서서 "저 친구는 나미코 같은 병자도 데리고 가자 우긴 녀석이니 저들 둘만 내버려두고 우리끼리 도망치는 게 어때?"라고 선동하게 되면 큰일이 아닐 수 없다. 만약에 그런 일이 생기면 모두들 두 손 들고 환영할 사람들이기에 나는 다카기를 맨 나중에 나오게 한 후 수건을 허리에 찼다. 그리고 나미코를 등에 업고서 여관을 빠져나온 후, 모두 모이기로 약속한 대나무 숲을 향해 빗속을 걸어갔다.

대나무 숲에는 그새 대부분의 단원들이 모여 있었다. 그들은 세 개 밖에 없는 종이우산 속에 몇 명씩 머리만 들이댄 채 웅크리고 서서 다른 단원들이 도착하기를 기다리고 있었다. 나머지 단원들까지 무사히 도착하자 키노시다가 모두의 짐을 거둬 전당포로 달려갔다. 당장 필요한 돈이 하나도 없어서 돈을 마련하기 위해서다.

그러나 그렇게 전당포로 달려간 키노시다가 한참이 지나도 돌아오지 않았다.

시간

'키노시다 녀석, 전당포에서 받은 돈을 가지고 혼자 내뺐구나.'

다들 입 밖으로 내지는 않았지만 그렇게 생각하며 서로 난감한 표정으로 바라보고 있을 때 키노시다가 10엔을 쥐고 돌아왔다. 살았다는 생각도 잠시, 주린 배를 채워야 기운을 내서 도망을 갈 수 있으니 식사를 하자는 얘기가 나왔다. 그리고 이왕이면 오랜만에 메밀국수를 먹으러 가자는 쪽으로 의견이 모아졌다.

그러나 그것도 쉬운 일은 아니다. 많은 사람들이 한꺼번에 몰려다니면 들키기 십상이었기 때문이다. 한 명씩 떨어져서 가는 게 어떠냐는 다츠기의 의견에 돈을 각자 나눠 가지기로 했다. 그런데 문제는 10엔짜리 종이 지폐 한 장 밖에 없다는 것이다. 잔돈으로 바꾸자는 얘기가 나왔지만 잔돈으로 바꾸려면 누군가가 종이 지폐를 들고 시내까지 다녀와야 한다. 하지만 그 돈을 들고 나간 사람이 누구이든 간에 다시는 돌아오지 않을 것을 믿어 의심치 않기에 어느 누구도 시킬 수가 없었다.

이래서야 그런 종이 지폐 같은 것은 있어도 그림의 떡이란 생각에 모두들 맥이 빠졌다. 여관에서 벌써 눈치를 채고 사람들을 사서 우릴 쫓게 하고 있는지도 모를 일이다. 보다 못한 단원들이 투덜대기 시작했다.

"언제까지 이렇게 꾸물대고만 있을 거야?"

"여관 깡패들이 아니라 호랑이가 쫓아온대도 난 이제 배가 고파서 한 발짝도 못 가."

그럼 빵이라도 사오는 게 어떻겠냐는 의견이 나오자 모두 이구동성으로 찬성했다. 그러나 정작 누굴 시키느냐는 말이 나왔을 때는 역시 누가 좋겠다고 선뜻 얘기하는 단원이 없었다. 그나마 내가 병자를 업고 있으니 도망칠 수도 숨지도 못할 거라는 생각에 나에게 돈을 갖고 있으라고들 얘기했다. 하지만 내 생각은 그들과 달랐다. 나는 그런 중요한 돈을 맡고 있게 되면 모두 내가 그 돈을 어떻게 할까 싶어 나를 주시하게 될 것은 불을 보듯 뻔한 일이었으므로, 나는 그런 감시를 받게 되는 것이 싫었다.

나는 차라리 병자인 나미코에게 돈을 주어 그녀가 돈을 맡게 하는 것이 나을 거란 생각이 들었다. 그러면 단원들은 돈을 위해서라도 그녀를 안전하게 돌봐 줄 것이리라. 나는 모두가 보는 앞에서 그녀의 품에 10엔짜리 지폐를 밀어넣었다.

아니나 다를까, 지금까지 악성 열병환자처럼 모두에게 기피 당해 온 병자가 순식간에 무슨 귀중한 금고라도 된 듯 보살핌을 받기 시작했다. 단원들은 병자를 중심으로 하는 일종의 법칙을 만들었다. 그 법칙이란 이런 것이다. 남자들이 번갈아 가며 나미코를 업고 가고 그 뒤에서 다른 단원들이 하나, 둘, 셋… 하고 백까지 세고 나면 다른 남자 단원이 교대하여 나미코를 업고 걸어가는 것. 수를 세는 것은 여자들이 차례로 하기로 했다. 이렇게 법칙이 정해지자 단원들은 마음 편히 대나무 숲을 걷기 시작했다.

우산이라곤 달랑 세 개밖에 없는 데다 거센 바람과 함께 비가 앞쪽에서 세차게 몰아치는 바람에 열두 명의 단원들은 한 줄로 줄을 지어 걸어야 했다. 나미코를 한가운데 두고 여자들이 앞에, 남자들이 뒤에 서서 따라갔다.

그렇게 한참을 걷던 중 단원 하나가 메밀국수 먹는 걸 잊어버리고 왔다며 못내 아쉬워했다. 그러자 여기저기서 기다렸다는 듯이 '맞다, 메밀국수, 메밀국수 어떻게 된 거야'하며 메밀국수 타령을 하느라 그 자리에 멈춰 섰다. 그러나 메밀국수보다도 여기서 만일 여관측이 사람을 사서 보낸 장정들에게 잡히는 날이면 또 다시 물만 마시며 지내게 될 것은 불을 보듯 뻔한 일. 어떻게든 오늘밤 안으로 산마루를 넘어야 한다.

"내일은 또 무슨 좋은 수가 생길지 누가 알아. 이왕 가던 길 빨리 가자."

우린 다시 어둠 속을 걷기 시작했다. 걸음을 재촉하면서도 혹시나 여관에서 보낸 사람들이 바싹 쫓아온 건 아닐까 지레

겁을 먹고 가끔씩 뒤를 돌아다보곤 했다.

"혹시 여관에서 우리가 도망친 것을 알아차리고 추격대를 보냈다 해도, 이 험한 길이 아니라 다른 편한 길로 찾아나섰을 거야."

구리기는 다른 단원들을 안심시키려는 듯이 말을 했다. 그의 말에 그럴 것이라며 안심들은 했지만, 지금 걷고 있는 이 길은 어느 누구도 가본 적이 없는 길이라 그 앞에 무엇이 우릴 기다리고 있을지 모두들 막막하고 불안했다.

우린 필사적으로 걸었다. 불안한 마음을 좀처럼 떨쳐버릴 수가 없어서인지 다들 말이 없었다. 유일하게 키노시다만이 여유있는 태도를 보이며 우리를 이런 고통 속에 빠뜨린 단장 놈을 만나면 가만두지 않겠다고 이를 악물었다. 그 말에 단장에 대해 한동안 잊고 있던 울분이 갑자기 폭발하였는지 너도 나도 한 마디씩 거들었다.

"흥! 그딴 놈. 걸리기만 해봐. 바닷속에 던져 넣어 줄 테다!"

"바닷속 정도로는 안 되지. 난 녀석의 머리통을 둘로 쪼개버릴 거야."

심지어 불에 달군 부젓가락으로 놈의 목을 찔러 죽여버리겠다고 말하는 단원도 있었다. 그때였다. 나미코가 갑자기 소리 내어 울기 시작했다. 그러자 나미코를 업고 가던 하치기가 그 자리에 우뚝 섰다.

"빨리 가지 않고 뭐 하는 거야!"

뒤에서 누군가 소리를 쳤다. 그 소리에 나미코는 하치기의 등에서 더 크게 울어댔다.

"날 여기 버리고 모두 그냥 가요."

처음에는 그녀가 왜 그런 말을 하는지 영문을 몰랐다. 하지만 제세히 보니 그녀의 지병인 내장에서 피가 나오는 증세가 나타나고 있었다. 모두들 빗속에서 한숨만 쉴 뿐 어찌할 바를 몰랐다. 나미코가 앓고 있는 병은 여자들이 흔히 앓는 병이기에 나는 여자 단원들을 돌아보며 말했다.

"나미코의 병은 여자들에게 맡기는 게 좋을 것 같군."

내 말이 떨어지기가 무섭게 여자들은 당장 마른 삼베나 무명천이 필요하다고 했다. 나는 할 수 없이 속내의를 벗어주었다.

우리는 다시 걸었다. 나미코는 내가 속내의를 벗어준 게 미안해서였는지, 아니면 자신의 처지를 비관해서인지 교대하여 자신을 업은 마치기의 등에서 연신 울어댔다.

이에 마츠기도 가만히 있지 않았다.

"계속 그렇게 시끄럽게 울면 정말로 버리고 갈 거야. 그만 울어!"

그 말에 나미코는 더욱 큰소리로 울어댔다. 나미코가 그렇게 울며불며 소동을 부리는 것과는 별개로, 여관에서 보낸 추적자에 대한 공포를 덜 느끼게 되자 단원들은 다시 배고픔을 느끼기 시작했다.

누군가가 시내에 들어가면 제일 먼저 비프커틀릿을 먹어야 되겠다는 말을 했다. 다른 누군가는 초밥을 먹겠다고 말했다. 이에 초밥보다도 장어가 더 맛있겠다고 말하는 단원도 있었고, 쇠고기를 먹고 싶다고 말하는 단원도 있었다. 어느새 단원들은 남의 말은 아예 들으려고도 하지 않으면서 먹을 것에 걸신들린 동물들처럼 먹는 얘기들만 해댔다.

나 역시 배가 고픈 것만은 참을 수가 없었다. 혹시 주위에 밭이라도 없는지 살펴봤지만 대나무 숲을 벗어난 지 꽤 되었는데도 밭 비슷한 것도 보이질 않는다. 오른쪽은 바위뿐인 벼랑이고 왼쪽은 몇 킬로미터는 족히 돼 보이는 깊은 낭떠러지 아래로 출렁이는 물만 보일 뿐이다.

한 사람이 겨우 지나갈 수 있을 정도로 좁다란 길을 걷는 것만도 힘든 일이었기에 더 이상 먹는 얘기에 열중하기도 힘들었다. 먹고 싶은 음식 얘기를 아무리 한들 먹을 수 없다는 것을 깨달았는지 한두 명씩 입을 다물기 시작했다.

나미코를 업고 가는 남자 뒤에서 하나, 둘 하고 걸음을 세는 여자 목소리만이 파도소리, 바람소리 사이에 섞여 들릴 뿐

기침 소리 하나 내는 단원이 없었다. 앞으로 어떻게 될 것인지에 대한 막연한 공포감에 깊은 침묵만이 우리를 둘러싸고 있었다.

또 다시 나미코가 출혈을 하기 시작했다. 남자들이 속내의를 벗어주고, 나미코를 업는 순서를 바꾸고 그런 남자들의 수고에 미안스러워 눈물을 짜며 우는 나미코의 목소리로 시끌시끌해지자 단원들의 입에서 또다시 먹는 얘기가 흘러나왔다.

먹는 얘기만 하면 군침만 나올 뿐이니 그만 집어치우라고 말하는 단원이 있는가 하면, 먹는 얘기를 해야지 그나마 배를 채운 듯한 기분이 든다고 말하는 단원도 있다. 물이라도 마셔야 살지 이거 어디 살겠느냐며 우산에서 떨어지는 빗방울을 핥거나, 솔잎을 쥐어뜯어 먹으면서 걷는 단원들의 모습은 마치 걸신들린 좀비 같은 모습이었다. 나 역시 목이 바싹 말라 비가 세차게 불면 우산 밖으로 얼굴을 내밀어 입을 벌려 비를 받아먹거나 솔잎을 씹으며 걸었다.

공복으로 허기진 몸에 내 몸 하나 가누기도 버거웠지만 내 순서가 돌아오면 나미코를 업고 걸어가야만 했다. 나미코를 업자 몇 발짝 떼기도 전에 숨이 벅차면서 눈앞이 희미해졌다. 팔이 저려왔고 다리에 힘이 풀려 비틀거리기 시작했다. 뒤에서 여자가… 여든, 여든하나… 여든아홉, 아흔… 하고 아흔까지 셀 때쯤 되자 등에 업은 나미코를 그 자리에 풀썩 내동댕이 치고 싶을 만큼 내 몸에는 힘이 하나도 남아 있지 않았다. 그런 나를 보며 나미코는 미안한 마음에 어쩔 줄 몰라 하다가 울음을 터뜨리기 직전이었다. 그러니 나도 내색도 할 수 없고 꾹 참을 수밖에 없었다.

간신히 교대를 하고 나면 업어야 할 차례는 왜 그리도 빨리 돌아오는 것인지. 혼자 걷는 시간은 정말 순간에 지나지 않았다. 게다가 시간이 지날수록 배는 더 고프고 지쳐서 나미코를 계속해서 등에 업는 일을 사람으로서는 할 짓이 아니란 생각이 들었다.

그런데 설상가상으로 나미코가 갑자기 한가운데 가는 게 싫다며 맨 앞쪽에서 가게 해달라고 우겨대는 것이었다. 맨 앞쪽에서 가면 버려질지 모른다는 걱정을 하지 않아도 되니 나미코로서는 마음이 한결 편해질지 모른다. 하지만 그녀를 업고 가는 사람은 항상 뒷사람들에게 쫓기는 것 같은 압박에 배로 더 지치게 될 것이다.

이런 나미코를 데려가자고 얘기를 한 사람이 바로 나다. 그런데 나 때문에 다른 단원들까지 모두 고생한다 생각하니 나미코를 바닷속에 던져버리거나 우리 둘만 남겨두고 모두들 그냥 가라고 말해야 될 것 같은 생각이 계속 들었다.

나미코는 자기를 업은 남자가 몰아치는 비바람을 맞고 비틀 거리며 바위 위에 넘어지려 하자 자기를 버리고 가라며 또 다 시 울기 시작했다. 여자들은 비에 젖어 얼굴에 찰싹 달라붙은 머리칼을 쓸어올리면서 힘겹게 걸었다. 화장품 가방은 물론 돈지갑 속까지 물에 흠뻑 젖어 묵직해지자 여자들은 모든 것 을 체념하고 남자들보다 오히려 더 털털해졌다.

"기왕 죽을 바에 눈 한번 감고 나면 바로 죽어버렸음 좋겠 다."

"여기서 밑으로 뛰어들면 바로 죽을 수 있는데 무슨 걱정이 야?"

하치기가 말대꾸를 했다. 그러나 이 농담 한 마디가 안 그래 도 녹초가 된 구리기의 신경을 건드렸다.

"남들은 지금 고통스러워하고 있는데 그런 농담이 나와?"

구리기가 하치기에게 강하게 대들었다.

"농담 한 마디 한 걸 가지고 뭘 그리 정색이래."

그리고는 해서는 안 될 말까지 하고 말았다.

"네가 아무리 기쿠에를 좋아한다 해도 다 쓸데없는 짓이야. 기쿠에는 이미 다카기랑 그렇고 그런 사이가 된 걸 내가 다 봤 다구."

그 말에 지금까지 묵묵히 있던 사사가 갑자기 안주머니에서 단도를 꺼내 다카기에게 덤벼들었다. 다카기는 사사의 단도를 피해 쏜살같이 절벽으로 도망을 쳤다. 사사도 이에 질세라 끝까지 다카기의 뒤를 쫓아갔다.

이 뜻밖의 소동에 잠시 정신이 멍해진 구리기는 자신이 미워해야 할 적은 하치기가 아니라 다카기와 사사였음을 알아차리고 그 또한 다카기와 사사의 뒤를 쫓아가기 시작했다. 기쿠에는 내 옆에서 어둠 속을 응시하며 자신이 나쁜 년이라고 흐느꼈다.

나는 그녀를 바라보며 다급히 말했다.

"빨리 쫓아가서 말려 봐요."

"도저히 그럴 자신이 없어요. 나 대신 얘기 좀 해주세요."

그녀는 오히려 나에게 사정을 했다. 이 역시 당황스러운 일이었는데, 갑자기 내 뒤에 있던 시나코가 기쿠에에게 달려들어 그녀의 멱살을 잡으며 소리를 치는 것이 아닌가. 기쿠에의 남자가 어떤 남자인지는 아직 알 수 없는 일이지만 시나코는 자신의 남자를 기쿠에가 가로챘다고 확신한 듯했다. 게다가 난리를 일으키게 한 장본인인 하치기마저 화를 내며 시나코에게 달려들어 그녀를 잡아끌었다.

"네가 좋아하는 놈이 대체 누구야?"

나는 이 모든 상황이 그저 놀랍고 당황스러웠다. 이러다간 싸움이 얼마나 더 번지게 될지 알 수 없는 일인데다가 지금 이런 데서 이렇게 다투다가 누군가가 크게 부상을 당하여 움직이지 못하게 된다면 큰일이 아닐 수 없다. 더군다나 저 가파른 절벽 위에서 싸움질하고 있는 세 사람 중 사사는 단도를 가지고 있다. 칼부림이 날지도 모르는 일이다.

나는 가만히 있을 수가 없어 힘없는 몸을 끌고 검은 벼랑 위를 엉금엉금 기어갔다. 그때 내 눈에 들어온 광경은 저 멀리 길가에 세 남자가 쓰러져 있는 것이었다. 혹시 서로 칼부림하다 죽어서 쓰러져 있는 것은 아닐까? 나는 떨리는 마음을 달래며 가까이 다가가 그들의 얼굴을 들여다보았다. 다행히 모두들 눈망울을 껌벅거리며 내 얼굴을 바라봤다.

"도대체 어떻게 된 거야?"

"이런 데서 여자 때문에 칼부림하며 싸움질하다가 괜히 누군가가 다치기라도 하면 서로 골치 아프잖아. 다들 그만 두기로 얘기 끝내고 누워 쉬고 있는 거니까 말 시키지 말고 그냥 내버려둬."

세 사람 중의 누군가가 나를 향해 피곤하다는 듯이 대꾸를 했다. 나는 잘 했다며 칭찬을 하고, 다시 나미코가 있는 곳으로 되돌아왔다. 그랬더니 이쪽의 싸움은 이제부터 시작인 듯하다. 야시마의 등에 업힌 나미코가 엉엉 울고 있고 바로 옆에서는 하치기와 키노시다가 맞붙어 싸우고 있었다. 사태가 이쯤 되자 여자들은 자기가 좋아하는 남자를 다른 어떤 여자가 좋아하고 있었는지, 자기가 좋아하는 남자가 자신보다 먼저 좋아한 여자가 누구인지 헷갈려서 모두들 멍하니 아무 말이 없었다.

하치기와 키노시다는 전부터 서로 사이가 좋지 않았다. 그렇지 않아도 여자 문제로 경쟁하던 처지였기에 내가 뜯어말리려 해도 떨어지려 하질 않았다.

누워서 서로 주먹질을 해대는 게 병자인 나미코를 업고 있는 것보다 훨씬 불편했는지 두 사람은 서로 발을 휘감은 채 휴식이라도 취하는 듯 때리고 맞기를 계속해댔다. 피차간에 상처를 입는 것만 아니라면 싸움을 더 하겠다는 심산으로 뒹굴고 있는 동안, 나도 잠시나마 쉴 양으로 그들 머리맡에 앉아 주먹질하는 모습을 바라보고 있었다.

잠시 후 하치기와 키노시다가 지쳤는지 꼼짝 않고 숨만 '헉헉'거리기 시작했다. 나는 이때를 놓치지 않고 두 사람의 중재에 나섰다.

"그렇게 맥없이 주먹만 휘두를 거야? 제대로 한판 붙든가, 아니면 그만 끝내는 게 어때? 저쪽은 여자 때문에 싸우다 죽는 멍청한 짓은 하지 않겠다며 그만둔 지 오래야."

시간

내 말이 맞다 생각을 했는지 하치기와 키노시다도 아무 말 없이 자리에서 느릿느릿 일어났다.

우리는 다시 걷기 시작했다. 그런데 생각해보면 참 아이러니하다. 여자들이 은밀히 맺어온 불륜관계가 모두들 싸움질을 하게 만들었지만, 한편으로 그 관계가 너무나도 복잡하게 얽혀진 까닭에 오히려 모든 것이 균형을 갖추게 됐다는 사실이다. 게다가 지금은 좀처럼 누려보지 못한 평화로움마저 형성해 가고 있다.

그러나 이렇게 어렵게 얻은 내면의 평화로움도 금세 우리를 엄습해온 공복, 즉 배고픔으로 말미암아 다시금 깨지기 시작했다. 모두들 지쳤다. 나 또한 뱃가죽이 등에 달라붙을 것 같은 고통에 내면의 평화가 깨져버린 지 오래다. 입 안에서는 침조차 만들어지지 않고 쓰디쓴 위액만 나왔다. 게다가 고약한 냄새가 나는 선하품마저 나오기 시작했다.

싸움을 하느라고 지친 단원들은 모두 조용히 고개를 숙인 채 비를 흠뻑 맞으며 힘없이 걸어갔다. 계속해서 눈물을 흘리던 나미코만이 오히려 건재해 보였다. 끝도 없이 계속되는 어둠 속의 절벽 위를 지칠 대로 지친 몸뚱이들이 지금부터 어떻게 견뎌내나 생각하니 눈앞이 깜깜하다.

게다가 당장의 배고픔이 시급한 문제다. 앞으로 광명이 비칠지에 대한 고민은 오히려 사치에 가깝다. 한없이 펼쳐진 어둠 속을 걷고 있는 것은 내가 아닌 텅 빈 밥통이 소리없이 걷고 있는 듯한 착각이 들었다.

정신없이 2킬로미터 정도 걸었을 무렵이다. 벼랑 중턱에 오두막집 같은 것이 한 채 있는 것을 발견했다. 처음에는 눈앞에 보이는 것이 진짜 오두막집인지 아니면 바위를 잘못 본 것인지 제대로 분간조차 하지 못했다.

그러나 가까이 다가가서 보니 오래된 물방앗간이었다. 우리는 잠시 비를 피해 쉬어갈 생각에 물방앗간 안으로 들어갔다. 오랫동안 사람의 체온이라고는 느껴볼 수 없었던 탓인지 여기저기에 잔뜩 쳐진 거미줄이 우리 얼굴에 엉겨 붙었다. 그래도 비를 피할 수 있는 곰팡내 나는 뜰이 있어서 우리는 잠시 그곳에 머물기로 했다.

"여기 물방앗간이 있는 건 근처에 물이 있다는 얘기잖아? 물이라도 찾아서 마시는 게 어떻겠어?"

하치기의 말에 우리는 물방아 주위를 살피기 시작했다. 하지만 물받이가 썩어있는 것을 보니 주위에 물이 있을 것 같지 않았다. 잠시 후 그때까지 흘린 땀이 밤의 냉기에 싸늘하게 식으면서 우리는 추위에 부들부들 떨기 시작했다. 추위에 공복까지 더해지자 서 있는 것조차 힘들었다.

시간

불이라도 피우기 위해 성냥을 찾았지만 성냥을 가진 사람이 아무도 없었다. 하는 수 없이 우리는 겉옷을 벗어 바닥에 깐 다음 한가운데에 나미코를 앉혔다. 그리고 그 주위에 여자 세 명을 앉게 하고 남자들은 그 밖에서 팔을 벌려 여자들을 둘러싸며 서로의 체온에 의지했다. 하지만 우리를 엄습해온 한기는 서로의 체온에 의지하는 것만으로 수그러들지 않았다. 더욱 심하게 내습해오는 바람에 모두들 말 한마디 제대로 하지 못하고 해파리처럼 몸을 떨었다. 한가운데 있는 나미코는 몸을 떨 기운조차 없는지 웅크린 채 꼼짝을 않는다.

그녀를 둘러싸고 있는 여자들 가운데 누군가가 입을 뗐다.

"만일 내가 죽으면 내 머리칼을 잘라 우리 어머님께 보내줘요."

누군가는 더는 버틸 수가 없었는지 더 간절하게 유언을 했다.

"내가 죽거든 내 손가락을 잘라 고향에 보내줘요."

여자들이 이렇게 유언 비슷한 말들을 끄집어내고 있을 때, 구리기가 갑자기 훌쩍훌쩍 울며 자조섞인 푸념을 해댔다.

"어렸을 때 마을에 모셔진 신에게 돌을 던진 적이 있는데, 지금 그 벌을 받는 모양이야."

"젊어서 여자들을 너무 등쳐먹었더니 그 죄를 받나봐."

다카기도 한 마디를 던졌다. 모두들 동감하기 시작했는지 고개를 끄덕이며 울기 시작했다. 이런 터무니없는 얘기에 나는 터져나오는 웃음을 참으면서, 한편으로는 추위와 굶주림에 시달리다가 이대로 죽는 것은 아닐까 걱정이 됐다.

나는 일행들을 돌아보았다. 모두 졸고 있었다. 나 역시 졸음이 왔다. 그러나 나는 졸고 있는 이들을 그대로 내버려 둘 수가 없었다. 그대로 있다가는 죽을 게 틀림없기 때문이다. 나는 잠든 이들을 흔들어 깨우며 큰소리로 울부짖었다.

"지금 잠들면 다 죽어. 옆 사람이 졸고 있는 것을 보면 그 자리에서 뺨을 때려서라도 깨워."

나는 명령 아닌 명령을 했다. 그러나 나 역시 한참을 졸았던 모양이다. 깜짝 놀라 눈을 뜨고 주위를 둘러보았을 때는 단원들 모두가 머리 숙여 깊이 잠들어 있었다.

나는 그들의 머리를 흔들거나 때리면서 일어나라고 소리쳤다. 나에게 언어맞고는 눈을 멀거니 뜬 채 나를 한 번 바라보다가 옆으로 눕듯 쓰러지는 녀석이 있는가 하면, 눈앞에 죽음이 다가왔었다는 것을 깨달곤 눈을 깜빡거리며 놀라는 녀석도 있었다. 나에게 머리통을 언어맞고 나서야 자는 놈을 때려도 되는 권리가 자신에게도 주어지게 된 것임을 깨닫고는 자기 앞에서 졸고 있는 녀석의 머리를 때리면서 옆에서 한동안 주먹질이 오갔다.

그러나 서로 간에 이런 주먹질이 오갔음에도 불구하고 졸음은 쉽게 달아나지 않았다. 머리채를 잡아당기고 손자국이 나도록 귀싸대기들을 후려갈기면서까지 서로의 잠을 깨워댔다. 처절하기까지 한 그 모습은 만약 이것을 멈추면 모두들 죽음의 나락으로 떨어질지도 모른다는 믿음에서 오는 오버 액션이었다.

나는 그런 단원들의 모습을 눈도 깜박거리지 않고 지켜보았다. 그리고 잠시 후 나도 모르는 새 끝없는 쾌락 속으로 녹아들어가면서 꾸벅꾸벅 졸음이 엄습했다.

죽음 앞의 쾌락만큼 깊고 화려하고 영롱한 것도 없을 것이다. 맑은 하늘같은 공기 속에서 뭉게뭉게 나타났다가 홀연히 사라지는 저 색채의 물결, 죽음과 삶 사이에 존재하는 저것은 도대체 무엇일까? 지금껏 아무도 본 적 없는 시간이라는 무서운 괴물의 또 다른 모습은 아닐까?

나는 내가 죽어서 없어져 버리게 되면 동시에 여기 모든 인간들과 전 세계 인간들이 나와 함께 사라져 버린다는 생각에 내심으로 억울하지는 않을 것 같아 즐거움마저 느껴졌다. 그러면서도 인간들 모두를 죽여버리고 싶다는 간절함에 죽음과 장난을 하고 싶은 유혹을 뿌리칠 수가 없었다. 고개를 가로 저

으며 '이런 생각을 해서는 안 돼'라고 부정을 하며 애써 잠들
어야 되겠다고 생각했음에도 불구하고 어느 사이엔가 나는 앞
에서 잠들어 있는 동료 단원들을 두 손으로 아무 데나 마구 때
리며 깨우고 있었다.

　사람을 죽지 못하게 노력하는 것, 이런 해로운 행위가 어째
서 사람들에겐 유익한 행위가 되는 것일까. 정말 아이러니한
일이 아닐 수 없다. 천만다행으로 현재의 죽음을 피할 수 있게
되었다 하더라도 이 다음에 아무런 불안감 없이 편안하게 죽
을 수 있다고는 누구도 보장할 수 없는 것을.

　나는 일행을 다시 한번 살게 해야겠다는 또 다른 감정으로
여자들의 머리칼을 잡고 흔들고 남자들을 발길로 차면서 깨웠
다. 이것이 진정 사람을 위한 사랑인지 아니면 그저 습성에 지
나지 않는지 나는 알 수 없다.

　나의 노력으로 모두들 더 이상 잠들 수 없었다. 자면서도 손
만 움직이며 옆 사람을 때리는 시늉을 하는가 하면, 발길질을
하는 등 서로 난리들을 피웠다. 그리고 그것도 잠시, 쏟아지는
잠을 피하지 못하고 그 자리에 쓰러지기 시작했다.

　처음엔 꽃봉오리처럼 웅크리고 앉아 잠들지 않으려고 애쓰
던 단원도 점점 자세가 흐트러지더니 옆에서 졸고 있는 사람
의 다리 사이로 머리를 처박고 잠들기도 했다. 그런가하면 그

런 난리 속에서도 용케 단 한 대도 맞지 않는 사람이 있었다. 한 대도 얻어맞지 않아 더욱 깊게 잠들어버려 쥐도 새도 모르게 죽어버릴지 모른다는 생각이 들자 나는 팔을 휘둘러 그에게 마구 주먹을 날렸다.

'잠'이라는 것은 길길이 날뛰는 사람에게 더 잘 엄습해 오는 모양이다. 사방으로 주먹을 휘두르던 나 역시 나도 모르게 깜빡 졸았다. 그러자 나 때문에 방금 전에 잠에서 깬 사람이 이번엔 내 머리를 주먹으로 갈겨 나를 깨웠다.

모두들 잠들었다가 깨기를 반복하는 사이에 오두막집 밖에서도 어떤 변화가 일어나고 있었다. 비가 그침과 동시에 무너진 천장 구멍을 뚫고 달빛이 새어 들어와 거미줄까지 환히 밝혀준 것이다.

우리는 일제히 밖으로 뛰어나가고 싶었지만 발이 생각처럼 움직이질 않았다. 나는 엎드린 자세로 기어가 달빛이 비추는 산과 바다를 바라보았다.

그때였다. 내 옆에 있던 사사가 살며시 내 소매를 끌어당기면서 벼랑 아래 산 중턱을 가리켰다. 그의 손끝이 머문 곳에는 바위에서 가늘게 흘러내리는 물줄기가 달빛에 빛을 발하며 나지막한 물소리를 내고 있었다.

사사는 벼랑 쪽으로 무릎을 꿇고 기어내려 갔다.

"물이다! 물!"

사사는 마실 물을 발견했는지 격앙된 소리로 외쳤다. 그 소리에 나도 모르게 마음속으로 물이다! 하고 따라 외쳤다.

이제 우리는 산 것이나 다름없다. 발걸음 하나 제대로 떼지도 못하면서 서로 앞 다투어 배를 깔고 벼랑으로 간신히 기어내려갔다. 거미줄을 잔뜩 붙인 얼굴들이 달빛 속에 드러나면서 차례로 바위 사이에 코를 들이밀었다. 바위 냄새가 풍기는 물은 우리의 목구멍으로부터 뱃속과 발끝까지 스며들어 우리의 생기를 돋아주기에 충분했다.

나도 달을 향해 환성을 지르면서 바위 사이로 입을 갖다 댔다. 그러다가 문득 혼자 두고 온 나미코가 생각났다. 혼자 잠들어 있다가 그 사이 죽은 건 아닌지 걱정이 됐다.

"나미코에게도 물을 줘야 하는데……."

말을 채 잇지 못하는 나를 보며 다른 단원들도 잊고 있던 사실을 깨우쳤다는 듯 한두 마디씩 거들었다.

"그래, 환자인 나미코에게 먼저 물을 먹여야지."

문제는 물을 어떻게 옮기느냐다.

"모자에 물을 담아 가면 되지 않을까?"

다카기의 제안에 펠트로 된 중절모에 물을 담아 보았지만 몇 발짝 떼지 않아 물은 모조리 새어버렸다.

이번에는 모자 다섯 개를 합쳐서 물을 담아보았다. 그럭저럭 괜찮아 보였지만 그래도 나미코가 누워 있는 오두막까지 가는 것은 무리일 것 같았다.

"정 그러면 오두막까지 열한 명이 릴레이식으로 모자를 넘기는 것은 어떨까?"

사사의 제안에 우리는 적당한 간격을 두고 나란히 섰다. 나는 맨 마지막 주자로 나미코에게 물을 먹이는 담당이다. 나는 모자가 오기를 기다리면서 그녀가 잠들지 못하게 계속 흔들어 깨웠다. 그녀는 얼굴을 수없이 주먹으로 얻어맞아 벌건 손자국이 나 있었지만 좀처럼 일어나려 하질 않았다.

하는 수 없이 나는 그녀의 머리칼을 쥐고 흔들어댔다. 그러자 그녀가 멍하니 눈을 뜨는가 싶더니 어딘지 모를 한 곳을 지그시 바라보고 있었다. 그때 처음으로 나에게 모자가 왔다. 물은 이미 다 새어나가고 모자에 배어있는 몇 방울이 전부였다. 나는 그 물방울을 나미코의 입안에 가까스로 짜 넣어 주었다.

나미코는 그제서야 잠에서 온전히 깨어난 듯 내 무릎에 손을 올려놓곤 오두막집 안을 둘러보았다.

"물이야, 물. 빨리 마시지 않으면 다 새어버릴 거야."

나는 나미코의 몸을 부추기며 다음 모자가 오기를 기다렸다. 모자가 또 왔다. 역시 물은 거의 다 새어버리고 모자에 약간의 스민 물방울이 다였다. 나는 달빛에 붙은 물방울을 짜내듯 모자에 스며있는 물을 쥐어짜서 나미코의 입안에 떨어뜨려 주었다.

묘한 이야기

아쿠타가와 류노스케

☪ 아쿠타가와 류노스케

'일본 소설의 상징'이라 불리는 아쿠타가와 류노스케는 1892년 도쿄에서 태어났다. 태어난 지 얼마 안돼 정신병으로 어머니를 잃고 남의 집에 양자로 들어가게 된 그는 평생을 광기에 대한 두려움을 떠안고 살았고, 그런 사상이 그의 작품에도 많은 영향을 끼쳤다.

도쿄대학 영문과를 발군의 성적으로 졸업한 그는 재학중 발표한 〈코〉라는 작품으로 나츠메 소세키의 극찬을 받으며 문단에 데뷔했다. 그리고 그 후로도 〈곤자쿠모노가타리슈〉와 같은 작품을 발표하면서 정교하고 치밀한 구성과 다양한 문체로 문단의 확고한 지위를 다졌다.

그러나 1927년 7월 그는 갑자기 다량의 수면제를 먹고 자살했다. 그는 유서로 보이는 종이에 '막연한 불안' 때문에 생을 마감한다는 글을 남겼고, 그 말은 시대정신을 상징하는 말이 되었다.

그후 1935년 그의 이름을 기념하고 순수문학을 위한 '아쿠타가와상'이 제정되었다. 주요 작품으로는 〈어느 바보의 일생〉〈나생문〉〈두자춘〉 등이 있으며, 여기에 실린 단편은 이상심리에 대한 그의 탁월한 묘사력과 깔끔한 기교가 돋보이는 작품이다.

어느 날 밤 나는 오랜 친구 무라카미와 함께 긴자 거리를 걷고 있었다.

"요전번에 치에코에게 편지가 왔었어. 자네에게도 안부를 전해달라더군."

무라카미가 갑자기 생각난 듯 지금은 사세호에 살고 있는 여동생의 소식을 꺼냈다.

"치에코도 건강하지?"

"요즘은 건강한 모양이야. 도쿄에 있을 때에는 신경쇠약증이 꽤 심했었는데. 그때 일은 자네도 알고 있지?"

"알지. 그런데 신경쇠약증이……."

"몰랐었나? 나는 그때 사실 치에코가 살짝 미친 게 아닌가

싶었어. 우는가 싶으며 웃고, 웃는가 싶으면 울곤 했지. 그리고
는 묘한 이야기를 꺼내는 거야."

"묘한 이야기?"

무라카미는 대답을 하기 전에 어느 카페의 유리문을 밀었
다. 우리는 창가 자리에 마주 앉았다.

"묘한 이야기지. 내가 자네에게는 말하지 않았던가? 이건
그 녀석이 사세호에 가기 전에 나에게 들려준 건데……."

자네도 알듯이 치에코의 남편은 유럽 전쟁 때 지중해 방
면으로 파견된 해군 승조장교였어. 녀석은 남편이 없
는 사이에 내가 사는 곳에 왔었는데, 전쟁이 거의 끝나갈 무렵
부터 갑자기 신경쇠약증이 심해졌지. 그 주된 원인은 그 전까
지 일주일에 한 번씩은 꼬박꼬박 오던 남편의 편지가 전혀 오
지 않게 된 탓인지도 몰라. 치에코는 결혼 후 반년도 되기 전에
남편과 생이별해버렸으니, 그 편지를 기쁜 마음으로 기다리는
게 당연했지. 옆에서 언제나 그 애를 놀려대면서도 참 잔혹하
다는 생각이 들었으니까.

그때의 일이었어. 어느 날, 그래, 그 날은 건국기념일이었
지. 아침부터 비가 내려서 매섭게 추운 오후였는데, 치에코가
오랜만에 가마쿠라에 가서 놀다오겠다고 말하더군. 가마쿠라

에는 어느 사업가와 결혼한 녀석의 학교 친구가 살고 있다네.

왜 하필 이렇게 비가 내리는 날에 일부러 가마쿠라 시골까지 놀러 가느냐고 나와 아내가 다음날 가는 게 어떠냐고 말렸더니, 치에코가 완강하게 버티면서 무슨 일이 있어도 그날 가겠다고 화를 내는 거야. 그리고는 금세 준비를 마치고 나가버렸어.

오늘은 자고 올 테니 내일 아침쯤 오겠다며 나간 녀석이 잠시 후 어찌된 일인지 비에 흠뻑 젖어 새파란 얼굴이 되어 돌아오는 거야. 깜짝 놀라서 무슨 일이냐고 물어보니 전차 정류장까지 우산도 쓰지 않고 한참을 걸었다는 거야. 그럼 왜 그런 일을 했냐고 물었는데, 그때 묘한 이야기를 하더군.

치에코가 중앙정차장에 들어가니 아니, 그 전에 이런 일이 있었어. 녀석이 전차에 탔는데 애석하게도 빈자리가 하나도 없었지. 그래서 손잡이를 잡고 서 있는데 눈앞 유리창에 희미하게 바다의 풍경이 비쳤다는 거야. 전차는 그때 시내의 거리를 달리고 있었으니 당연히 바다의 풍경 따위가 보일 리가 없지.

그런데 창밖으로 비치는 거리 위로 투명하게 일렁이는 파도가 보였다는 거야. 특히 창에 비바람이 치자 수평선까지 희미하게 보였다더군. 난 아마 그때부터 그의 정신이 어찌된 것이 아닐까 생각했네.

어쨌든 그후 중앙정차장에 들어서자 입구에 있던 빨간모자를 쓴 사람이 갑자기 치에코에게 인사를 했어.

"남편 분은 별고 없으십니까?"

이것도 참 묘하지? 하지만 더욱 묘했던 것은 치에코가 그렇게 묻는 빨간모자의 인사를 조금도 이상하게 생각지 않았다는 것이야.

"신경써 주셔서 고맙습니다. 근데 요즘에는 어찌된 일인지 아무 소식이 없네요."

그렇게 치에코는 빨간모자에게 대답까지 했다더군.

"그럼 제가 남편 분을 뵙고 오지요."

멀리 지중해에 있는 남편을 어떻게 만나고 온다는 것일까 하는 생각이 들었을 때에야 치에코는 처음으로 그 익숙지 않은 빨간모자가 이상한 자라는 것을 깨달았다더군. 하지만 다시 물어보려는 사이에 빨간모자는 살짝 인사를 하더니 인파 속으로 사라져버렸지. 그리고 치에코는 두 번 다시 그 빨간모자의 모습을 볼 수 없었어. 아니, 볼 수 없었다기보다도 방금 전까지 마주 보고 있던 빨간모자의 얼굴이 이상하다 싶을 정도로 하나도 생각이 나지 않는 거야. 그래서 그 빨간모자의 모습을 찾을 수 없었지만, 한편으로 빨간모자를 쓴 사람들은 모두 그 남자처럼 보였지. 그리고 그 수상한 빨간모자가 어디선가 계속 자신을 바라보고 있을 것 같은 기분이 들었어. 그런 생각이 들자 가마쿠라는커녕 그곳에 있는 것조차 몹시 기분이 나빴지. 치에코는 결국 우산도 쓰지 않은 채 쏟아지는 비를 맞으며 귀신에게 홀린 듯 몽롱하게 정류장을 도망쳐 왔어.

물론 나는 녀석의 이런 애기는 신경쇠약증 때문이라 생각하네. 아마 그날 비를 많이 맞아 감기 기운에 그랬겠지. 다음날부터 거의 삼일 동안은 계속 고열이 계속되며 치에코는 헛소리를 해댔어. '여보, 용서해 주세요.'라든지 '왜 돌아오지 않는 거예요.'라든지 뭔가 남편과 이야기하고 있는 듯 헛소리만 해댔지.

하지만 가마쿠라 사건은 그걸로 끝이 아니었어. 감기가 완전히 나은 후에도 빨간모자라는 말을 들으면 치에코는 하루 종일 울적해져서는 말조차 제대로 하지 못했어. 그러고 보니 어느 날인가는 볼일이 있어 나갔다가는 어느 운송회사의 간판에 빨간모자 그림이 있는 것을 보고 발걸음을 돌려 집으로 돌아오는 어처구니없는 일도 있었지.

그래도 이래저래 한 달 정도 지나자 녀석의 빨간모자 공포증은 거의 사라져가는 것 같았어.

"언니, 교카라는 유명한 사람의 소설 속에 고양이 같은 얼굴을 한 빨간모자가 나오잖아요? 내가 거기에 너무 빠져있다가 헛것을 봤나 봐요."

　녀석은 그때 나의 부인에게 웃으며 그렇게 말했다더군. 그런데 3월의 어느 날, 치에코는 다시 한번 빨간모자와 맞닥뜨렸지. 그리고 그후 남편이 돌아올 때까지 치에코는 어떤 일이 있어도 절대 정류장에는 가는 일이 없었어. 자네가 외국으로 나갈 때에 녀석이 같이 배웅하러 나오지 못한 것 역시 빨간모자가 무서워서 그랬다더군.

　그해 3월의 어느 날, 치에코 남편의 동료가 미국에서 2년 만에 돌아왔어. 치에코는 그들을 맞이하기 위해 아침부터 집을 나섰지. 하지만 자네도 알다시피 그 일대는 인적이 드물어서 낮에도 사람들이 거의 다니질 않지. 그 외로운 길가에 바람개비 장사의 화물트럭이 한 대, 마치 버려진 것처럼 놓여 있었어.

　마침 바람이 강하게 부는 날씨 때문에 색종이로 접은 바람개비가 모두 빙글빙글 돌고 있었어. 치에코는 그 모습만으로도 왠지 마음이 초조해지는 것 같았어. 그리고 그때 문득 눈을 돌려보니 빨간모자를 쓴 남자가 한 명, 등을 보이며 웅크리고 있었어. 물론 바람개비 장수가 담배를 피우고 있거나 했겠지. 그러나 그 모자의 빨간색을 보고는 치에코는 왠지 정거장에

가면 또 다시 이상한 일이 일어날 것 같은 예감이 들어 그냥 돌아갈까 생각했다더군.

하지만 정차장에 가서 손님을 기다릴 때까지 아무 일도 일어나지 않았어. 남편의 동료를 앞세우고 일행이 어둑어둑해진 개찰구를 나오려는 순간이었어. 그때 누군가 치에코의 뒤에서 말을 걸었어.

"남편 분은 오른쪽 팔에 부상을 입은 것 같습니다. 그래서 그동안 편지가 끊긴 겁니다."

깜짝 놀란 치에코가 얼른 돌아보았지만 빨간모자는 없었어. 그녀 뒤쪽에 있던 사람은 예전부터 알고 지내던 해군장교 부부뿐이었지. 하지만 그 부부가 그런 말을 했을 리는 없으니 목소리가 들렸다면 확실히 묘한 일이지. 어쨌든 치에코는 빨간모자가 보이지 않는다는 사실에 기분이 좋았어. 녀석은 그대로 개찰구를 나와서 다른 일행과 함께 주차장까지 남편의 동료를 배웅하러 갔어. 그때 다시 한번 뒤에서 누군가 말을 걸었지.

"부인, 남편 분은 다음 달 중에 돌아오실 것 같군요."

또 다시 치에코가 뒤를 돌아보았지만 뒤에는 같이 온 일행만 있을 뿐 빨간모자는 보이지 않았어. 그러나 뒤는 아니었지만 그들 주위에 빨간모자가 두 사람, 자동차로 화물을 옮기고 있었지. 그 중 한 사람이 무슨 이유에서인지, 갑자기 이쪽을 돌아보면서 묘한 웃음을 보였어. 치에코가 어찌나 놀랐는지 주위의 사람들도 하얗게 질린 그 애의 얼굴에 놀라서 멈칫할 정도였지.

그런데 마음을 진정시키고 보니 빨간모자는 두 사람이 아니라 한 사람이었어. 게다가 그 한 사람은 좀 전에 웃은 자와는 전혀 다른 사람이었지. 그럼 그때 웃은 빨간모자의 얼굴은 이번에야말로 기억했는가 하면, 묘하게도 역시 기억이 희미했지. 아무리 열심히 노력해보아도 녀석의 머리에는 빨간모자를 쓴 눈코가 없는 얼굴만이 떠오를 뿐이었어. ―이것이 치에코에게 들은 두 번째 묘한 이야기야.

그후 한 달이 지나자, 아마 자네가 외국에서 돌아온 시기 전후쯤이었다고 생각하는데, 진짜 남편이 돌아왔다네. 오른쪽 팔에 부상을 입어서 잠시 편지를 쓸 수 없었다는 것도 희한하게도 역시 사실이었어.

"부부는 일심동체라더니, 남편을 너무 사랑한 치에코가 본능적으로 알았나 보네."

우리는 그렇게 녀석을 놀렸지. 그러고 나서 다시 보름 정도 뒤, 치에코 부부는 남편의 부임지인 사세호로 가버렸는데, 그곳에 도착하자마자 녀석이 보낸 편지를 보니 놀랍게도 세 번째 묘한 이야기가 적혀 있었어.

그 날은 치에코 부부가 떠나는 날이었지. 그들의 짐을 옮겨준 빨간모자가 이미 움직이기 시작한 기차의 창문으로 인사를 하러 얼굴을 내밀었어. 그런데 그 얼굴을 본 남편의 표정이 갑자기 굳어진 거야. 그리고는 잠시 후 약간 부끄러운 표정으로 이런 이야기를 꺼냈다는군.

그가 마르세유에서 몇 명의 동료와 함께 어느 카페에 갔는데, 한 빨간모자를 쓴 일본인이 테이블 옆으로 다가와서는 친밀하게 근황을 물었어. 당시 마르세유에 보통 일본인이 왕래할 이유가 없었지. 하지만 그는 무슨 이유에선가 특별히 이상하다고도 생각지 않고, 오른쪽 팔의 상처를 입은 일과 돌아갈 날이 얼마 남지 않았다는 이야기를 했어. 그러고 있는데 옆에 있던 취한 동료 한 명이 코냑 술잔을 쓰러뜨렸지. 깜짝 놀라서 주위를 둘러보는데 어느새 빨간모자의 일본인이 카페에서 모습을 감춘 거야.

도대체 그 자는 뭐였을까? 분명히 두 눈을 확실하게 뜨고 있었는데도 그게 꿈인지 생시인지 분간이 가지 않았지. 그래서 더더욱 그 일에 대해서는 누구에게도 말을 할 수 없었다더군.

그런데 일본에 돌아와 보니 치에코가 두 번이나 이상한 빨간모자와 만났다고 하는 거야. 혹시 마르세유에서 본 그 빨간모자인가도 생각해 보았지만, 너무 말도 안 되는 괴담 같기도 하고, 한편으로는 멀리 전장에 나가서도 항상 마누라만 생각했냐고 비웃음을 살 것 같아서 그날까지 역시 입을 다물고 있었다더군. 하지만 지금 얼굴을 내민 빨간모자를 보니 마르세이유의 카페에 들어왔던 남자와 눈썹 하나 다르지 않고 똑같았던 거지.

여기까지 이야기를 털어놓은 제부는 침묵을 지키다가 잠시 후 불안한 목소리로 말했어.

"그런데 참 묘하지. 눈썹 하나 틀리지 않다고 하지만 나는 지금도 아무리 생각해도 그 빨간모자의 얼굴이 확실히 떠오르질 않아. 그런데 창 너머로 얼굴을 본 순간, 그 녀석이구나 싶다니……."

무라카미가 여기까지 얘기했을 때 카페에 들어온 세 명의 일행이 우리의 테이블로 다가와 그에게 인사했다. 나는 일어섰다.

"그럼 나는 먼저 일어나겠네. 외국으로 나가기 전에 다시 한 번 들르지."

나는 카페 밖으로 나가면서 깊은 한숨을 내쉬었다. 그것은 딱 3년 전, 치에코가 두 번이나 나와 중앙정차장에서 만나기로 한 밀회의 약속을 깬 데다, 영원히 정숙한 아내로 남고 싶다는 짤막한 편지를 보낸 이유를 오늘밤 처음으로 알았기 때문이었다.

악마의 혀

무라야마 가이타

☾ 무라야마 가이타 村山槐多

화가이자 시인, 작가. 가나가와 현에서 태어난 그는 십대시절부터 프랑스의 대표적인 상징파 시인 보들레르와 랭보에게 빠져 일찌감치 작품 활동을 시작했다. 그림에도 소질이 있던 그는 중학교 때부터 입체파·미래파 풍의 그림을 그리기 시작 개인전까지 열었다.

도쿄로 올라온 그는 최고의 재야 단체 공모전인 '이과전(二科展)'에 수채화를 출품한 것을 시초로 정열적인 화풍으로 이름을 알리며 많은 상을 수상했다. 하지만 그의 조숙함과 열정은 그를 데카당스한 생활에 빠지게 했으며, 남들보다 감수성이 풍부했던 그는 사랑하는 사람과의 이별의 아픔에도 크게 괴로워했다. 그리고 결국 24이라는 젊은 나이에 결핵성 담염을 앓다 세상을 떠났다.

여기에 실린 작품 역시 강렬한 인상을 남기는 그의 작풍과 잘 어울리는 단편이다.

1

5월의 어느 맑게 갠 밤이었다. 열한 시경 정원에서 하늘을 올려다보고 있는데 갑자기 문밖에서 소리가 났다.

"전보입니다."

받아보니 전보에는 다음과 같은 문구가 적혀 있었다.

—9단 언덕 301 가네코—

'이게 뭐지? 301?'

실로 묘한 느낌이었다. 가네코는 내 친구의 이름으로, 친구들 중에서도 가장 기이한 인물이다.

'괴짜 시인 녀석이 또 무슨 수수께끼를 보낸 건가?'

나는 이상한 전보용지를 손에 들고 생각했다. 발신시각은 10시 45분, 발신국은 오오츠카였다. 아무리 생각해도 전보의 내용이 무슨 뜻인지 알 수 없었다. 어쨌든 9단 언덕까지 가봐야겠다는 마음에 옷을 갈아입고 문을 나섰다.

집에서 전차역까지는 한참을 걸어야 했다. 나는 길을 걸으며 가네코에 대해 곰곰이 생각해보았다. 지금으로부터 2년 전 가을, 기인들만 모인 어느 연회에서 가네코와 처음 만났다. 그가 올해 스물일곱이니 당시에는 스물다섯 살의 청년시인이었다. 하지만 그의 외모는 나이보다 훨씬 늙어 보였고, 이상할 정도로 빨간 얼굴에는 가늘고 깊게 패인 잔주름이 있었고, 눈은 크고 파랗게 빛났으며 코는 높고 두터웠다.

내가 특별히 그와 친하게 된 이유는 그의 특이한 입술 때문이었다. 기인들만 모인 연회이다 보니 어디를 보아도 특이한 인물들만 가득한 그곳은 모르는 사람이 보면 마치 악마의 집회처럼 보일만한 곳이었다. 그 중에서도 나는 특히 이 청년시인의 입술에 자꾸만 눈길이 갔다.

마침 그가 내 정면에 있었기 때문에 나는 마음껏 그를 관찰할 수 있었다. 그의 입술은 정말 대단했다. 마치 녹슨 강철봉 두 개를 나란히 놓은 듯한 입술이 끊임없이 바르르 떨리고 있었다. 식사를 할 때의 모습은 더욱 가관이었다. 뜨거운 피처럼 빨갛게 물든 강철봉이 번뜩이면서 섬광과 같이 위아래로 움직이며 음식을 삼켰다. 그렇게 풍만하고 아름다운 입술을 가진 사람을 본 적이 없는 나는, 나도 모르게 잠시 그 사람의 식사하는 모습에 빠져들었다. 그러던 어느 순간 갑자기 그의 무서운 눈이 나를 향했다. 그리고는 갑자기 일어나 고함을 쳤다.

"거기 자네, 왜 힐끔힐끔 남의 얼굴을 쳐다보는 거야?"

"아, 미안하네."

내가 바로 사과를 하자 그는 다시 자리에 앉았다.

"동물원 원숭이도 아니고 남의 얼굴을 흘끔흘끔 구경하는 건 기분이 별로라고. 그 정도는 알 거 아냐?"

이렇게 말한 그는 맥주잔을 들어 벌컥벌컥 마시고는 반짝이는 눈으로 나를 보았다.

"그랬나? 나는 그냥 자네의 용모에 흥미를 느꼈을 뿐이네."

"그다지 고맙지는 않군. 내 얼굴이 어떻든 자네가 알바 아니잖아."

그는 기분이 많이 상한 눈치였다.

"그렇게 화내지 말고. 우리 서로 화해할 겸 술이나 마시세."

그날 이후 그와 나는 서로 친구가 됐다.

그는 알면 알수록 기이한 인물이었다. 상당한 재산을 소유하고 있었지만 부모형제도 없이 혼자서 살고 있었다. 학교는 여러 곳을 전전했지만, 단 한 곳도 만족스럽게 끝내지 못했다. 워낙 자신의 과거를 이야기하기 싫어해서 자세히 알 수는 없지만, 어쨌든 그는 훌륭한 시인이었다. 그는 철저한 비밀주의 자로 어느 누구도 자신의 집을 방문하는 것은 절대 허락하지 않았다. 그래서 그가 어떤 일을 하는지 전혀 알 수 없었다.

그는 종종 배회하듯 거리를 걸어다녔고, 식당이나 술집에 모습을 드러냈다. 그러다 때로는 2,3개월 동안 행방불명이 되기도 했다. 그러니 도무지 그의 정체를 알 수 없었다. 그는 나와 가장 친한 친구였고 그 또한 나를 믿고 있지만, 나는 그를 정체를 알 수 없는 별종이라고 밖에 달리 표현할 방법이 없다.

2

이런 생각을 하다 보니 어느새 9단 언덕 위에 서 있었다. 아래를 내려다보니 밤의 어둠에 덮힌 도시의 모습이 펼쳐져 있었다. 어둠 속에서 반짝이는 등불이 마치 광산 안에서 반짝이는 다이아몬드 같았다. 나는 언덕의 이곳저곳을 돌아다니며 가네코를 찾았다. 분명히 가네코가 여기서 나를 기다리고 있을 거라 생각했다. 하지만 그는 물론 그와 비슷한 사람조차 찾을 수가 없었다.

약 30분 정도 9단 언덕 위를 서성이던 나는 그의 집으로 가

보기로 했다. 그의 집은 토미자카 근처에 있었다. 작지만 화려한 집이었다. 집 앞으로 가보니 그의 집을 경찰들이 분주히 들락거리고 있었다. 무슨 일인가 싶어 물으니 한 경찰이 가네코가 자살을 했다는 충격적인 말을 하는 게 아닌가. 깜짝 놀란 나는 얼른 안으로 뛰어 들어갔다. 세 평 남짓한 방 안에 가네코가 경찰관들에게 둘러싸인 채 누워 있었다.

그는 날카로운 송곳에 심장이 찔려 죽어 있었다. 그의 가슴팍에 뾰족한 것으로 두세 번 찌른 흔적이 있었다. 창백한 그의 얼굴은 마치 자고 있는 것만 같았다. 의사는 만취상태에서 정신착란을 일으켜 자살을 한 것 같다고 했다. 가네코의 몸에서는 술냄새가 심하게 풍겼다. 조금 전 집앞을 지나던 사람이 고통스러운 신음소리를 들었고, 그 후로 이 소동이 났다고 했다.

자살을 했다고 하는데 그는 유서 한 장 남기지 않았다고 했다. 나는 아까 받은 전보가 더욱 수상하게 느껴졌다. 시각으로 봤을 때 가네코는 그 전보를 나에게 보내고 돌아와서 바로 죽은 것 같았다. 나는 조용히 다시 9단 언덕으로 돌아가기로 마음먹었다.

전보의 301이란 숫자는 무엇을 의미하는 것일까? 9단 언덕에서 300이상의 숫자를 갖고 있는 것은 하나 밖에 없었다. 그것은 언덕의 양측에 위아래로 붙은 도랑의 돌덮개였다. 나는 제일 꼭대기를 시작으로 아래쪽을 향해 오른쪽의 돌덮개를 세기 시작했다. 마침내 301번째의 돌덮개. 하지만 아무리 둘러보아도 특별히 다른 점은 없었다.

혹시 이것은 아래에서부터 센 것은 아닐까? 돌 덮개는 모두 합쳐 310개였다. 그러니 위에서부터 열 번째가 아래에서부터 세면 301번째에 해당한다. 뛰어 올라가서 돌덮개를 살펴보니 위에서부터 열 번째와 열한 번째 사이에 검은 물체가 보였다. 꺼내 보니 그것은 검은 종이 꾸러미였다.

"이거다, 이거야."

나는 그것을 움켜쥐고는 날다시피 집으로 돌아왔다.

꾸러미를 열어보니 안에서 검은 표지의 원고가 나왔다. 그 원고를 읽어가면서 나는 처음으로 가네코의 정체를 알게 되었다. 그의 정체는 참으로 끔찍했다.

"그는 인간이 아니었어! 그는 악마야!"

나는 소리쳤다.

독자들이여, 나는 그 원고를 그대들에게 발표하려는 이 순간까지도 아직도 떨리는 전율을 멈출 수가 없다. 아래는 그 원고의 전문이다.

3

친구여, 나는 죽기로 결심했네. 나는 내 심장을 찌르기 위해 날카로운 송곳을 준비했다네. 자네가 이 문서를 읽을 때쯤이면 나의 생명은 이미 끝나 있겠지. 너는 네가 친구로 선택한 시인이란 놈이 엄청나게 끔찍하고 잔인한 죄인이란 것을 다음의 내용을 보면서 알게 될 거야. 그리고 나와 친구가 된 것을 부끄럽게 여기고 분노하겠지. 하지만 부디 내 육체를 원망하기 전에 나의 영혼을 불쌍히 여겨 주길 바라네. 나는 실로 가여워해야할 인간이라네. 이제부터 나의 더러운 삶의 여정을 숨김없이 얘기하겠네.

나는 원래 도쿄 사람이 아니라네. 기부현의 어느 산간에서 태어나 그곳에서 자랐지. 우리 집은 몇 대에 걸쳐 내려온 목재상으로 인근에서도 손꼽히는 부자로 소문이 자자했지. 아버지는 극히 순박하고 훌륭한 사람이었는데 혈기왕성한 시기에 나고야의 한 기생을 첩으로 들였다네. 그 첩에게서 한 아이가 태어났는데, 그게 바로 나였지.

내가 태어났을 때 이미 본처인 큰어머니에게도 아이가 한 명 있었다네. 아이러니하게도 아버지는 본처와 첩을 같은 집에서 함께 살게 했다네. 그래서 자동적으로 아이들도 같이 살

악마의 혀

게 되었어. 내가 열두 살이 되었을 때 큰어머니에게는 네 명의 아이가 있었어. 그리고 같은 해 4월에 또 한 아이가 태어났지. 그때 태어난 남동생은 몸의 기이한 흉터 때문에 마을 전체가 떠들썩한 소문으로 들썩였다네. 그것은 바로 그 아이의 오른쪽 다리 안쪽에 초승달 모양의 황금색 얼룩무늬가 있었기 때문이지.

어느 날 아기를 본 어느 점쟁이가 "이 아이는 장차 끔찍한 죽음을 당할 것이다."라고 예언을 해서 가족 모두를 떨게 했다네. 지금 생각해보면 그 점쟁이의 예언은 적중한 셈이지. 나도 어린 마음에 다리 안쪽의 초승달 얼룩무늬가 참으로 기묘하다고 느꼈어.

그 해는 또 다른 일로도 잊기 힘든 해였다네. 아버지가 10월에 갑자기 돌아가셨기 때문이지. 아버지는 다행히 유언장을 작성해 두고 돌아가셨다네. 나와 어머니는 아버지의 유언대로 1만 엔을 받고 그 집에서 나오게 되었다네. 집안은 세 살 위의 장남이 잇기로 했지. 아버지는 친절한 사람이었기 때문에 우리 모자의 행복을 여러모로 생각해서 이런 유언을 남겨두었던 거였네. 사실 우리 어머니와 큰어머니 사이에는 끊임없는 암투가 있었다네. 큰어머니가 집의 실권을 쥐고 있으면 우리 어머니가 박해를 받을 거라는 사실은 불을 보듯 뻔했지. 그래서 우리는 아버지의 장례절차가 끝나자마자 바로 도쿄로 올라왔다네. 그리고 그 날 이후로 나는 한 번도 고향으로 돌아가지 않았고, 그곳과의 연도 끊어져버렸지.

어머니와 나는 1만 엔을 은행에 예금하고 그 이자로 생활했다네. 어머니는 예전에 기생이었다고는 믿기 힘들 정도로 총명하고 순박한 여자였지. 어머니는 내가 열여덟 살 때 돌아가셨고, 이후 나는 혼자 살면서 시인으로서의 방탕한 생활을 하게 되었지. 이것이 나의 과거야. 이런 과거의 그늘에서 나라는 끔찍한 아이가 자라게 된 거지.

나는 어려서부터 참으로 기묘한 아이였다네. 다른 아이들처럼 천진난만한 구석은 찾아볼 수가 없었어. 항상 혼자 조용히 있는 것을 좋아했고, 다른 아이들과 노는 것은 전혀 즐기지 않았어. 그저 홀로 산에 올라가서는 바위그늘에 숨어 멍하니 하늘에 떠다니는 구름을 바라보고는 했어. 이런 로맨틱한 습관은 나이를 먹을수록 점점 병적으로 되어갔지.

고향을 떠나기 2년 정도 전의 일이었어. 나는 반년 정도 몹쓸 병으로 고생했어. 등줄기가 항상 견딜 수 없이 가렵고 뻐근했지. 그리고 똑바로 걸을 수가 없어서 몸을 항상 구부정하게 하고 다녔어. 혈색이 나빠지고 몸은 점점 말라갔어. 걱정이 된 어머니가 여러 가지 치료를 시도했고, 그러는 사이 어느새 병이 나아버렸지.

그런데 그 병중에 나는 기이한 일을 경험했다네. 묘하게도 항상 이상한 것들이 먹고 싶은 욕구에 견딜 수 없이 괴로워했다네. 처음에는 벽을 바른 흙이 미치도록 먹고 싶어서 사람들 몰래 벽의 흙을 손에 닿는 대로 파먹었어. 그 맛이 어찌나 기가 막히게 좋던지. 특히 우리 집의 두꺼운 하얀 흙벽을 좋아했지. 나의 왕성한 식욕에 결국 그 두꺼운 벽에는 커다란 구멍이 뚫려버렸지.

그 후로 나는 다른 사람들은 생각지도 못할 정도로 이상한 것들을 먹는데 깊은 흥미를 느끼기 시작했다네. 원래부터 다른 사람들과 동떨어져 혼자 있기를 좋아하는 아이라는 것이 이러한 생활을 하는 데에는 더 없이 편리했다네. 결국 나는 끈적끈적한 민달팽이도 거침없이 삼켜버릴 수가 있게 되었지. 개구리나 뱀은 두말할 것도 없이 자주 먹었지. 당시 고향 근처에서는 흔하게 볼 수 있는 것들이어서 나의 식욕을 풍족하게 채워주었다네. 그리고 정원의 진흙 속에서 지렁이와 딱정벌레의 유충을 끄집어내 먹곤 했다네. 자줏빛과 녹색 등 맹독을 품고 있을 만한 자극적인 색채와 역겨운 냄새를 풍기는 온갖 벌레들이 나의 식욕을 끊임없이 만족시켜 주었어. 그러다가 어느 날엔가는 벌레의 독에 자극을 받아 새빨갛게 부어오른 혀를 집안사람들에게 들킨 적도 있었지.

나는 그러한 것들 외에도 평범한 사람들이라면 상상할 수조차 없을 정도로 온갖 기이한 것들을 먹었다네. 그런데도 이상하게 독에 중독이 되거나 세균에 감염이 되는 일은 한 번도 없었어. 이 기이한 버릇은 날이 갈수록 더욱 강도가 심하게 발전해갔지. 하지만 이런 악습은 어머니와 함께 도쿄로 이사한 후 도시 생활에 익숙해지면서 자연스럽게 사라지고 말았다네.

4

그러다 내가 열여덟 살이 되던 해의 겨울, 어머니가 돌아가시면서 나는 극심한 슬픔에 잠기게 되었지. 매일 매일을 울면서 눈물로 보냈다네. 원래부터 허약한 몸은 곧 심한 신경쇠약증에 빠져버렸지. 마치 유령처럼 쇠약해져버렸고, 결국 어릴 때의 척추의 병이 또다시 도지고 말았지.

더 이상 이래서는 안 되겠다는 생각에 스무 살 때 다니던 학교를 그만두고 바다가 보이는 조그만 마을로 이사를 했지. 오랜만에 산책도 하고 해수욕을 즐기다 보니 몸이 점점 변하더군. 번잡스러운 도시에서 바쁘게 살다가 아름다운 해변에서 편하게 지내다 보니 몸도 마음도 점점 건강해졌지. 나는 본연의 모습으로 돌아갈 수 있었지. 예전에 고향의 산속에서 고독을 즐기며 살던 어린 시절의 마음으로 다시 돌아온 것이지.

어느 날 저녁 나는 최근 한 달 동안 먹은 음식들 모두가 정말 맛이 없었다는 점을 깨달았어. 그리고 거울을 보았지. 창백했던 내 얼굴은 어느새 선홍빛을 띄고 있었고, 멍하게 초점을 잃었던 눈동자 역시 반짝반짝 빛을 발했어. 이렇게 건강한데 왜 음식을 먹어도 아무런 맛을 느낄 수 없을까?

나는 다시 거울을 들고 혀를 내밀어 보았지. 그 순간 나는 너무 놀라 손에 들고 있던 거울을 떨어뜨려버렸네. 내 혀는 실로 길었어. 15센티미터 정도는 족히 되어 보였어. 도대체 언제 이렇게까지 늘어난 건지. 이 얼마나 무서운 혀란 말인가. 내 혀가 원래 이랬던가? 아니, 절대 이런 혀는 아니었다. 다시 거울을 들고 잘 보니, 보랏빛의 날카로운 작은 돌기가 오돌토돌 돋은 커다란 살점에, 타액이 줄줄 나와 입술을 타고 흐르고 있었네. 혓바닥에는 마치 고양이 혀에 돌기된 바늘 같은 것이 자라나 있었지. 손으로 만져보니 따끔따끔하게 느껴질 정도로 딱딱한 바늘이었다네.

이러한 기이한 일이 세상에 또 있을까 하는 생각을 하다가 나는 또 다시 경악을 하고 말았네. 거울 중앙에 진홍빛 악마의 얼굴이 나타나 있었다네. 커다란 눈을 번뜩이는 참으로 무서운 얼굴이었어. 나는 너무 놀라 잠시 정신이 혼미해졌지. 그때 갑자기 거울 속의 악마가 외치는 비명이 들려왔네.

"네 녀석의 혀는 악마의 혀다. 악마의 혀는 악마의 음식이 아니면 절대 만족할 수 없지. 먹어라! 모두 다 먹어! 그리고 악마의 음식을 찾아라! 그렇지 않으면 네 놈의 미각은 영원히 만족할 수 없을 것이다."

잠시 동안 나는 생각하다 문득 깨달았네.

"좋아, 이렇게 된 이상 안 될게 뭐가 있어. 이 세상에서 가장 끔찍한 음식들을 이 혀로 모두 먹어주겠어. 그리고 악마의 음식이란 것을 발견해 주지."

나는 거울을 내던지고는 벌떡 일어났네.

"그래. 한 달 동안 내 혀가 악마의 혀로 변해버린 거야. 그래서 음식이 맛이 없었던 거였어."

갑자기 새로운 세계가 눈앞에 펼쳐진 것 같았네. 나는 바닷가 마을을 떠나 이즈반도 끝의 시골에 허름한 집 하나를 빌렸지. 그곳에서 나는 기이한 음식을 먹는 생활을 시작했다네. 이제 평범한 음식은 바늘이 돋아난 내 혀에 전혀 자극을 줄 수 없었지. 나는 나만의 독자적인 음식을 찾아야만 했네. 두 달 동안 그 집에 살면서 먹은 것은 흙, 종이, 쥐, 도마뱀, 거머리, 도롱뇽, 뱀, 해파리, 복어 등이었다네. 야채는 모두 질척하게 썩힌

악마의혀

후에 먹었네. 썩은 냄새가 풀풀 나는 야채를 꾸역꾸역 입속으로 넣는 맛은 뭐라 형용할 수 없을 정도로 좋았지. 이런 음식들은 나를 풍족하게 만족시켜 주었네.

두 달 후 내 혈색은 기이한 녹황색을 띠었네. 몸 전체가 점점 기인으로 변해가는 것 같았어. 그러던 중 문득 '인육'은 어떤 맛일까라는 생각을 하기 시작했네. 아무리 끔찍한 음식을 즐기는 나라도 그런 생각을 떠올린 것만으로도 두려움에 온몸이 떨려왔네. 하지만 이때부터 내 욕망은 맹렬히 타오르기 시작했지.

'사람 고기가 먹고 싶다!'

이것이 작년 1월경의 일이었다네.

5

한번 내 머릿속에 들어온 생각은 온통 내 영혼을 지배해 버렸고, 그날 이후로 나는 전혀 잠을 이룰 수 없었다네. 꿈에도 항상 인육을 먹는 꿈을 꾸었어. 입술은 부들부들 떨리고 진홍색의 두툼한 혀가 미끈거리는 뱀처럼 입안을 기어다녔어. 솟구쳐 오르는 강한 욕망에 스스로도 공포를 느낄 정도였다네. 나는 더욱 강한 힘으로 나를 복종시켜 그러한 생각으로부터 도망치려 몸부림쳤다네. 하지만 내 입술의 우두머리인 악마는 그런 나를 비웃듯 항상 소리쳤지.

"이제 넌 천하 최고의 진미가에 도달한 거야. 용기를 내! 사람을 먹어. 사람을!"

거울을 보니 악마의 얼굴이 끔찍한 미소를 띠고 있었지. 혀는 점점 더 커지고 바늘은 더욱 날카롭게 빛났다네. 나는 눈을 감고 말았네.

"아니, 나는 절대 인육을 먹지 않을 거야. 나는 인육 따위를 먹는 미개인이 아니야."

하지만 입안에서는 악마가 냉소를 짓고 있었다네. 이렇게 견디기 힘든 공포를 이겨내기 위해 나는 항상 술에 취해 있어야 했다네. 나는 매일 술집에 드나들면서 조금이라도 이 욕망으로부터 몸을 빼내려고 했지. 하지만 운명은 결코 불쌍한 나를 가엾게 여기지 않더군.

절대 잊을 수 없는 그 날은 작년 2월 5일 밤이었다네. 술에 떡이 되어 집으로 돌아오는 길이었어. 그날 밤은 날이 흐려서 한 치 앞도 보이지 않을 정도로 암흑이 세상을 뒤덮고 있었지. 그런 암흑 속을 등불 그림자에 의지하며 가다가 나도 모르게 아직 완성되지 않은 길로 들어서고 말았다네. 요란하게 울리는 기차의 진동 소리에 문득 정신을 차리고 보니, 나는 어느새 전차역 선로 옆에 서 있었다네. 나는 건널목을 건너 언덕을 올랐어. 그리고 공동묘지 안으로 들어서서는 그대로 그곳에 쓰러져버렸다네.

얼마만큼의 시간이 지난 후 눈을 떠보니 아직도 깜깜한 한밤중이었어. 성냥불을 켜서 시계를 보니 오전 한 시. 나는 술이 덜 깬 상태로 어슬렁어슬렁 묘지를 돌아다녔다네. 그때 갑자기 한쪽 발이 땅 밑으로 쑥 빠져버렸어. 깜짝 놀라서 성냥을 켜보니 이제 막 덮어놓은 무덤을 내가 밟은 것이었다네. 순간 무서운 생각이 정신을 번쩍 들게 했어. 나는 무의식중에 짧은 막대기를 집어 흙 봉분을 파냈지. 한참을 파다가 막대기도 팽개치고 손톱으로 팠어. 한 시간 남짓 팠을까, 손이 나무 같은 것에 닿았지. 관이었다네. 흙을 털어내고 관의 뚜껑을 뜯어냈지. 그리고 성냥을 켜고 관속을 들여다보았어.

그때 찰나였지만 그 순간 느낀 두려움은 정말 내 생에 처음이자 마지막일 정도로 끔찍했다네. 성냥의 희미한 빛에 창백한 여자 시체의 얼굴이 보였지. 나는 눈을 감고 이를 악물었지. 열아홉 살 정도로 보이는 앳된 여자였다네. 머리카락이 검게 빛났지. 목을 보니 검은 피가 뭉친 채, 몸체에서 잘려 있었어. 손도 발도 잘린 채였어. 온몸으로 전율이 흘렀어. 이것은 분명 철로에 몸을 던져 자살을 한 여자를 가매장한 것이리라. 나는 주머니에서 잭나이프를 꺼냈어. 그리고 여자의 몸 밑으로 손을 넣었어. 좋아하는 부패의 악취가 향기롭게 코를 찔렀네. 우선 조심스럽게 가슴 부분의 살점을 잘라냈어. 탁한 액체가 손을 타고 줄줄 흘러내렸어. 그리고 나서 볼의 살도 조금 베어냈어. 이 모든 행위가 끝나자 갑자기 두려움이 나를 덮쳤다네.

'너는 대체 어쩔 셈이냐!'

양심의 외침이 들려오는 것 같았지. 나는 이를 무시하고 잘라낸 고기 조각을 손수건으로 쌌어. 관 뚜껑을 닫고, 흙을 원래대로 덮고, 서둘러 묘지를 나와 집으로 돌아왔다네.

집에 들어와서는 문단속을 확실하게 한 뒤 손수건에서 고기를 꺼냈지. 우선 볼의 살을 불에 구웠어. 아주 맛있는 냄새가 풍기기 시작했어. 나는 광분했지. 고기가 지글지글 익어갔어. 악마의 혀가 입안에서 뛰어다녔어. 침이 줄줄 흘러 더는 참을 수가 없을 정도였지. 나는 반 정도 구워진 고기를 입안 가득 넣었어. 그 순간 마치 아편에라도 취한 듯 황홀감에 빠졌다네. 세상에 이렇게 맛있는 것이 있다니 참으로 기적 같은 일이었어. 어찌 이것을 먹지 않고 살 수 있을까?

드디어 '악마의 음식'을 찾아낸 거였어. 내 혀는 오랫동안 바로 이것을 갈망하고 있었던 거였어. 내 혀는 바로 인육을 원하고 있었던 거였어. 아아, 드디어 찾았다. 다음으로 가슴살을 먹었다네. 나는 마치 번개라도 맞은 듯 방안을 뛰어다녔어. 모든 고기를 깨끗하게 먹어치우고 나자 배가 불룩해졌지. 태어나서 처음으로 식사에 의한 만족감이란 걸 맛본 것이었어.

6

다음 날 나는 하루 종일 마룻바닥 아래에 커다란 구멍을 팠다네. 그리고 판자로 둘러쌌지. 인간 저장실을 만든 거야. 그래, 여기에 나의 귀한 음식을 끌고 오는 거다. 눈에서 빛이 났어. 거리를 걸어다녀도 침이 줄줄 흘러내렸어. 만나는 인간마다 모두 내 식욕을 자극했지. 특히 열대여섯 살의 소년 소녀가 가장 맛있어 보였지. 왠지 그런 아이와 만나면 바로 먹어 치워버릴 것 같아서 참을 수가 없었어. 하지만 어떤 방법으로 음식을 잡아와야 하지? 나는 우선 마취약과 손수건을 준비했어. 이것으로 아이를 잠들게 한 뒤 잡아끌고 오기로 했네.

4월 25일, 지금으로부터 딱 열흘 전의 일이네. 나는 타바타에서 우에노까지 기차를 탔다네. 내 앞에는 한 소년이 나와 무릎을 맞대고 앉아 있었어. 보아하니 시골에서 갓 상경한 듯 촌스럽긴 한데 미소년이었어. 내 입안은 또 다시 침이 흘러 축축해져버렸지. 그는 혼자 여행중인 것 같았어. 잠시 후 기차는 우에노에 멈추었어. 역을 나오자 소년은 잠시 멍하니 서 있더니 우에노 공원 쪽으로 걸어갔어. 그리고는 한 의자에 쓸쓸하게 앉아서 등불 아래에서 빛나는 연못을 바라보았어.

주위를 둘러보니 아무도 없더군. 나는 얼른 주머니에서 마취약 병을 꺼내 손수건에 묻혔다네. 손수건이 젖었어. 소년은 멍하니 연못 쪽을 바라보고 있었어. 나는 그에게 달려들어 그의 코에 손수건을 댔지. 그는 두세 번 다리를 버둥거렸지만 결국 마취약에 취해 내 팔에 쓰러지고 말았지. 나는 돌계단을 내려가 소년을 안고서는 차를 불렀어. 그리고 집까지 달렸다네.

집으로 돌아와서는 문을 꼭 잠갔어. 불빛에 비춰 보니 실로 아름다운 소년이었다네. 그동안 잠들어 있던 소년의 눈이 확하고 크게 떠졌어. 이윽고 그 검은 눈동자에 빛이 사라지고 순식간에 얼굴이 창백해지고 말았어. 나는 새파랗게 된 소년을 안아서 마루 밑의 저장실에 넣었다네.

7

나는 가능한 한 조금씩 소년을 먹으리라 결심했지. 그래서 고기를 먹는 순서를 정했다네. 나는 순서에 맞춰 고기를 구웠어. 뇌수와 볼, 혀, 코까지 모조리 먹어치웠다네. 그

뛰어난 맛이 나를 광분시켰지. 특히 뇌수의 맛은 놀라울 정도였지. 부른 배를 두드리며 만족스러운 기분에 잠을 자고 다음 날 아침 아홉 시쯤 일어나 또 다시 배터지게 먹어치웠지.

그러나 다음날은 정말 무서운 밤이었다네. 내가 죽음을 결심하게 된 동기가 바로 그날 밤 생겼으니까. 실로 잔혹한 밤이었다네. 그날 밤 야수와 같은 눈을 번뜩이며 마루 아래로 내려간 나는 이번에는 손과 다리의 순서라고 생각했지. 톱을 손에 들고 어디부터 자를까 잠시 고민하다 소년의 왼쪽 다리를 잡아당겼어. 그 바람에 소년의 몸이 뒤집혔지. 그리고 그때 오른쪽 다리의 안쪽을 본 나는 쇠몽둥이로 맞은 것처럼 튀어오르고 말았다네. 그의 오른쪽 다리 안쪽에는 빨간 초승달 모양의 얼룩무늬가 있었다네.

아마 너는 이 글의 처음에 나온 내 남동생이 태어났을 때 동네를 시끄럽게 했던 일에 대한 것을 기억하고 있을 거야. 오른쪽 다리 안쪽의 초승달 무늬 말이야. 그 아기가 열대여섯 살이 될 시기였지. 참으로 끔찍한 얘기지? 나는 내 동생을 먹어버린 거야. 정신이 번뜩 든 나는 소년이 들고 있던 꾸러미를 풀어보았어. 그 안에는 네다섯 권의 노트가 있었고, 노트 앞에는 가네코 고타로라고 씌어 있었다네. 그것은 동생의 이름이었지. 노트를 읽어본 나는 동생이 어려서부터 자신의 얘기를 재미있게 들어주던 나를 그리워하다 고향에서 도망쳐 나온 것을 알았다네. 나는 더 이상 이 세상에 살아 있을 수 없다네. 내가 자네에게 남기려 했던 것은 이게 끝이라네. 부디 나를 가엾게 여겨주길 바라네.

글은 여기서 끝났다. 문체나 내용으로 봤을 때 가네코가 이 글을 썼다는 것에 대해 의심의 여지가 없었다.

가네코의 사체를 검시했을 때 그의 혀에는 그가 써놓은 대로 무수히 많은 바늘이 돋아나 있었다. 하지만 그가 보았다는 악마의 얼굴이라는 것은 아마 로맨틱한 공상을 즐기던 시인의 환상에 지나지 않았을 것이다.

악마의혀

바다뱀

니시오 다다시

☾ 니시오 다다시

도쿄에서 태어나 어린 시절부터 허약했던 그는 게이오 대학 경제학부를 졸업한 후 탐정소설지에 논평을 투고하다 1934년 몽유병을 소재로 한 '진정서'라는 작품을 통해 소설가로 데뷔했다.

그는 미국의 펄프매거진에 많은 관심을 보이며 그곳에 수록된 작품에서 소재를 얻어 이색적인 작품도 많이 발표했다. 1947년에 발표한 〈묘지〉는 러브 크래프트의 〈랜돌프 카터의 진술〉에 착상을 얻은 작품이었다. 그 외에도 F.W.하비의 〈8월의 열기〉에서 모티브를 딴 〈8월의 광기〉 등의 작품도 있다. 그는 1949년 3월 41세의 나이로 결핵으로 세상을 떠났다.

앞서 소개한 것 외의 그의 주요 작품으로는 〈해골〉 〈바다뱀〉 〈푸른 갈가마귀〉 등이 있으며, 본 단편은 그로테스크한 괴기미를 끊임없이 추구해온 작가의 작풍이 잘 드러난 작품이다.

데이코 에게

좀처럼 편지 따위 쓴 적이 없는 내가 갑자기 이렇게 긴 편지를 보낸다면, 당신은 분명 내 심경에 큰 변화가 생겼던가, 혹은 도시를 떠나 먼 벽지에서 고독한 요양생활을 보내고 있는 나에게 무슨 일이 일어난 것은 아닐까 짐작할지도 모르겠군. 그런데 불행하게도 당신이 생각한대로야. 결국 무서운 불행이 나를 덮치고 말았어.

당신은 지금까지 내가 돌출적인 행동을 할 때면 나를 이상한 사람 취급하거나 혹은 고맙지도 않은 천재 취급을 했지. 그리고 당황하면서도 그냥 재미있는 농담거리로 여기며 웃어 넘겼어. 어찌 보면 당신은 스물여덟이라는 젊다면 젊은 나이에 이미 많은 것을 초월한 대단한 합리주의자이자, 가장 진부한

속물이라 할 수 있지. 하지만 그런 당신이라도 이번만은 내가 하는 말을 진지하게 믿어주었으면 좋겠어.

여기는 도쿄에서 기차로 달려 열 시간 정도 걸리는 남쪽 끝 해변이야. 지금 내 눈 앞에는 거무튀튀한 물결이 출렁출렁 춤추고 있어. 내가 머물고 있는 이곳은 벼랑 꼭대기에 서 있는 좁은 단칸방으로 뒤로는 높은 산이 펼쳐져 있지. 빽빽한 수풀이 북방의 하늘을 온통 덮고 있어. 처음에는 미친 듯이 몰아치는 파도의 울림 때문에 잠을 이룰 수 없었지만, 3개월 정도 지나니 그것도 익숙해지더군. 왼쪽으로는 B곶이 있고, 오른쪽 전방으로는 끝없이 펼쳐진 바다, 바다의 연속이야. 저 멀리로는 부옇게 안개가 끼어 아무 것도 보이지 않아. 거친 바다이기는 하지만 가끔씩은 무겁게 가라앉아 며칠 동안 침묵 같은 날이 계속되기도 해. 그런 바다를 가만히 난간에 기대어 바라보고 있으면 어딘가 나른해지면서 이상한 기운이 느껴질 때가 있어. 온 몸이 땀으로 흥건해지고, 몸 전체의 신경이 나른하게 녹아버리는 것 같지.

해안의 2월에는 가끔 봄처럼 따뜻한 밤이 찾아오는 거 알아? 그런 밤이면 나처럼 병적인 사람도 보통사람처럼 정신적 흥분을 느끼게 되지. 차가운 기운에 위축되어 있던 공상이 자유롭게 풀리면서 온 몸이 단단해지는 거야. 누구라도 좋다. 그저 여자만 있다면 그녀와 함께 뒤엉키어 뒹굴고 싶은 충동에 가슴이 두근거리지.

창밖으로는 숲과 바다, 산그늘까지 뿌연 안개가 뒤덮여 하늘의 반짝이는 달도 졸린 듯 희미하게 보이는 밤이었어. 나는 훌쩍 방을 나와 정처없이 발길가는 대로 걷다가 어느새 나도 모르게 B곶의 끝까지 와버렸어. 하지만 그날이 공포의 씨앗을 뿌린 최초의 밤이 될 줄 누가 알았을까.

달은 저물어가고 있고, 바다의 신비로움은 마치 사람의 마음을 흔드는 하늘에서 온 음악 같았지. 거짓말처럼 들릴 수도 있지만 정말 그래. 나는 황홀한 기분에 빠져 약 한 시간 정도 계속 그곳에 있었지. 그리고 언덕으로 오르려고 발길을 돌렸을 때, 반대편 언덕 쪽에서 B곶 쪽으로 걸어오는 한 여자를 발견했어. 사실 한밤중에 여자랑 만나는 것은 기분 좋은 일은 아니야. 게다가 금방 머리를 감은 듯 머리를 풀어 헤치고 있었지. 그 여인은 거친 바위길이 꽤나 익숙한 듯 가벼운 몸놀림으로 뛰어 내려왔어. 그리고는 낯선 남자가 우두커니 서 있는 것을 보고 놀랐는지 옷자락 사이로 보이는 하얀 정강이를 감추며 조심스럽게 다가왔지. 그녀는 아랫볼이 제법 볼록한 얼굴이었는데, 교양이 있어 보이는 것이 이 지역의 여인 같지는 않았어.

바네

나를 스쳐 지나갈 때, 옷매무새를 추스르며 슬쩍 치켜보는 눈길은 경계가 아니라 오히려 대담한 추파를 담고 있었지.

나는 그 뒷모습을 바라보며 도대체 누구일까 생각했어. 그녀도 나처럼 달밤의 환상에 유혹당한 것일까? 호기심 반 불안함 반에 그녀가 내 쪽으로 다시 다가오면 말을 걸어보기로 했지. 담배에 불을 붙이고 바위 그늘에 쭈그리고 앉아 그녀의 뒷모습을 바라보았어.

하지만 여자는 그 이후로 다시는 이쪽으로 오지 않았어. 마침 만조 때로 앞바다 쪽에서 시커먼 물결이 발밑을 긁어내듯 밀려왔는데, 그 파도가 돌의 양옆으로 갈라져 사라질 거라는 것을 안다는 듯 침착하고 여유롭게 가슴 언저리에 두 손을 포갠 채로 변함없이 바다만을 보고 있었지. 안개 속에 우두커니 선 그윽하고 아름다운 뒷모습이 어쩐지 외로워 보이는 것이 내 시선을 의식하면서 내가 말을 걸어주기를 기다리는 것처럼 보였어.

그런데 그 순간 이상한 일이 일어났어. 그녀가 갑자기 휙 하고 돌아서서 발그스레한 볼에 보일 듯 말 듯한 작은 보조개를 띄우며 웃는가 싶더니 휙 하고 바다 속으로 사라져버렸지.

나는 물론 아연했어. 하지만 다음 순간 갑자기 무서워졌지. 땀이 배어나온 피부에 한기가 느껴졌어. 나는 이상하다, 이상하다, 라고 계속 중얼거리며 빠른 발걸음으로 집으로 돌아왔어.

방에 도착해서 나는 곰곰이 생각했어. 어느 기록에 의하면 이 지방은 나병 환자가 많은 어촌이라 했어. 그들은 해변 근처 산맥에 다른 이들의 눈을 피해 마을을 만들었고, 발병의 징후가 보이면 바로 그곳으로 보내진다고 씌어 있었지. 예부터 어촌에 나병이 많은 것은 참치가 세균을 옮기기 때문이라 했던가. 도회에서도 꽤나 유명한 소문이기에 그녀도 그런 종류의 여자가 아닐까 생각했어. 그날 밤 자살을 결심하고 마지막으로 나에게 웃음을 한번 날려준 뒤 눈 깜짝할 순간에 바다에 몸을 던져버린 것이 아닐까. 물론 이것은 내가 납득할만한 해석은 아니었지만 그래도 나름의 위안을 얻을 수 있었지. 이렇게 이런저런 생각을 하다가 나는 새벽닭이 울 때쯤이 되어서야 겨우 잠이 들었어.

다음날이 되었지만 젊은 여자의 시체를 발견했다는 소문은 없었어. 그렇다면 역시 나의 착각이었나? 그렇게 생각하며 며칠을 지내는 사이, 나는 그날처럼 따스함을 느끼게 하는 밝은 달밤에 같은 장소에서 그 여자를 또 만났어.

상대가 전혀 이상한 인물이 아니라, 그저 농염하게 익은 육체라고 생각하니 어느새 내 몸 안에서 뜨거운 것이 끓어올랐지. 나는 그후 매일 밤 그곳으로 나가 여자를 기다렸어. 세 번,

다섯 번, 여섯 번. 이렇게 해서 나는 여자와 처음으로 눈길을 마주칠 수 있었지. 그때 그녀는 입술을 살짝 다문 채 예의 희미한 미소를 보였어.

나는 나의 목적을 달성하기 위해 일부러 독한 술을 마시고 난잡한 욕망을 부추기며 싫다고 몸부림치는 여자를 방으로 끌고 와서 처음으로 육체를 탐했어. 그리고 별 생각없이 그 여자에 대해 물었지. 순간 그녀의 미간에는 쓸쓸한 그늘이, 마치 창 밖으로 떨어지는 검은 새의 그림자처럼 살짝 비치더니 곧 사라졌지. 그리고는 그저 나처럼 욕망을 채우기 위해 왔을 뿐이라며 부디 그 이상은 아무 것도 묻지 말라고 했지. 내가 더 캐묻자 그녀는 무서운 눈초리로 째려보았어. 그리고 잠시 후 나는 이상스러울 정도로 심한 피로감을 느끼며 곧 죽은 사람처럼 깊은 잠에 빠져들었어. 내가 눈을 떴을 때, 침상에는 강렬한 욕정의 냄새가 남아있을 뿐 여자는 보이지 않았어. 내 몸은 땀으로 흠뻑 젖어 있었지.

그런데 어제의 일이었어. 나는 별 생각없이 B곳으로 낚시를 하러갔어. 바다는 간조에서 만조로 바뀌는 때였지. 마침 그 전날에 약한 북풍이 분 탓에 바다는 꽤 깊은 곳까지 확연히 들여다보일 정도로 물이 맑았어.

나는 두 시간 정도 인내심을 갖고 기다렸어. 하지만 미끼를 바꿀 기회조차 오지 않았지. 짜증이 난 나는 낚싯대를 접고 쓸모없어진 미끼를 바다에 던져버렸어. 그러자 물위로 춤추듯 떨어지는 먹이를 향해 해초와 바위틈에서 여러 가지 종류의 진귀한 물고기들이 나와서는 이쪽저쪽으로 맹렬히 움직이기 시작했지. 그 모습에 얼마나 화가 치밀던지. 하지만 눈앞이 어지러울 정도로 빠른 광경이 꽤나 재미있기에 허리를 굽혀서 계속 지켜보았어.

그때 바다의 깊은 곳에서 살랑살랑 기어가듯 흘러가는 황색의 끈 같은 것에 눈길이 멈췄어. 설마 하는 마음에 다시 한 번 눈을 크게 뜨고 보았지만, 그 끈은 분명히 물의 흐름을 따라 흘러가고 있었어. 그리고 녀석은 정신없이 돌아다니는 작은 물고기들을 흘끗 바라보고는 날카로운 입을 뻐끔뻐끔 벌려서 내가 던진 먹이를 먹고 있었지.

그건 바로 2미터 정도는 족히 되어 보이는 바다뱀이었어. 당신은 아마 바다뱀이 어떤 동물인지 모를 거야. 동물! 그래, 그 녀석은 어류와 비슷하지만, 동물이라고 부르고 싶을 정도로 육상의 독뱀에 가까운 느낌을 갖고 있어. 갈색의 몸통에 검은 반점이 있고, 배 부분은 새하얗지. 눈이 크고 입이 뾰족이 튀어나와 있고 이빨은 매우 날카롭지. 물리면 죽어도 놓지 않는 요

사스러운 물고기로 식용으로도 쓸 수 없어서 어부들은 오히려 그들을 무서워하며 멀리하지. 몸은 세로로 편평하고 전체적으로 미끈해. 그리고 잘 발달된 가슴지느러미가 있어서 모래 위 정도는 춤추듯 돌아다니고, 적을 향해 달려들어 물어뜯을 정도의 힘도 갖고 있지.

나는 예전에도 그물에 걸린 걸 본 적이 있어서 그 녀석이 바다뱀이란 것은 바로 알았지. 하지만 전에 본 것은 고작해야 1미터 정도였기 때문에 2미터 정도 되는 녀석이 눈앞에서 꾸불꾸불 돌아다니고 있는 모습은 보기만 해도 한기가 느껴졌어.

그리고 기분 탓이었을까. 녀석이 내 존재를 느끼고 있는 듯 가끔씩 눈동자를 굴려 내 모습을 보더니 나를 비웃듯이 어슬렁어슬렁 돌아다니기 시작했어. 몸의 방향을 바꿀 때마다 등 쪽의 얼룩무늬가 희미하게 빛나면서, 마치 사람의 오체를 마비시키는 마약처럼 소름끼치도록 무서운 기운을 내뿜었지. 일분, 삼 분, 오 분…. 나는 그 무서운 기운에 홀려 고행 중인 수도승처럼 꼼짝도 할 수 없었어. 숨조차 쉬기 힘든 침묵의 시간이 째깍째깍 지나갔어.

그리고 잠시 후 번개라도 맞은 듯 펄쩍 튀어 올랐어. 눈앞에 있는 바다뱀은 농염한 여인만이 풍길 수 있는 유혹의 몸짓으로 내 가슴을 훔쳐버린 거야. 나는 힘없이 신발을 끌면서 기듯이 집으로 돌아왔어.

　위의 사건으로 인해 생긴 나의 비극에 대해서는 당신의 상
상에 맡길게. 난 그것을 어떻게 처치해야 할지 한참을 고민했
어. 그리고 결국 어젯밤 만족할만한 해결법을 찾았지. 여자를
세상에서 가장 잔혹한 방법으로 괴롭혀 죽이는 거야. 복수를
하는 거지. 동물의 머리 꼭대기에는 급소가 있다고들 하지. 나
는 다시 한 번 여자를 꾀어내어 녀석의 정수리에 큰 대못을 찔
러 넣기로 결심했어.

　이상으로 나의 근황보고는 끝났어. 당신은 이러한 사실에
화를 낼지도 몰라. 하지만 용서해 주길 바랄게. 그리고 부디 날
그냥 내버려두었으면 좋겠어. 내가 나의 목적을 달성하는 날
밤, 당신을 부를게. 그때가 바로 내가 다시 태어나는 날이야.
그날이야말로 다시 한번 도시로 돌아가 사랑하는 당신과 함께
새롭게 시작하는, 봄꽃처럼 즐겁고 유쾌한 희망이 타오르는
날이 될 거야.

3월 29일

교타로

✳

위의 편지는 한때는 대단한 낭만주의자였던, 그러나 오늘날에는 패배자가 된 나의 남편이 나에게 보낸 편지입니다. 이걸 보면 알 수 있겠지만, 남편은 별종이라는 호칭에 대해 반박할 수 없는 특이한 사람입니다. 그는 결혼 전부터 이상한 행동을 많이 했지요. 지금도 확실히 기억하고 있는 것은 긴자의 커피숍에서 만났을 때의 일입니다.

그는 잘 마시고 있던 하얀 커피잔을 바닥에 떨어뜨리며 얼굴이 새파랗게 변했었습니다. 아직 그에 대해 잘 알지 못했던 약혼자 시절의 나는 그 모습에 깜짝 놀랐습니다. 그는 그때 자신이 심한 신경쇠약 증상이 있어서 사소한 일에도 잘 놀란다고 했지요. 아무 생각없이 커피를 마시려고 잔을 입으로 가져간 순간, 커피잔의 무늬가 눈앞으로 훅 다가오더니 기이한 환상이 보이기 시작했다는 겁니다. 그리고는 어두운 테이블 밑에서 하얀 쥐 한 마리가 다리를 타고 목구멍 쪽으로 올라오는 것을 보고는 깜짝 놀라 커피잔을 놓쳐버렸다고 설명하였는데, 그때 그의 이마에는 식은땀이 줄줄 흐르고 있었지요.

하지만 그의 이런 병은 그에게는 그저 일상 같은 것으로, 오랫동안 앓아눕는 일은 없었습니다. 오히려 그런 병약한 정신력을 가졌으면서도 강철같은 체력을 가진 사람처럼 남들의 세배 정도의 많은 일을 해냈지요. 하지만 그와 같이 살면 살수록 그가 자기 멋대로의 성격에 여성의 육체에 대한 감정도 결코 정상이 아니란 것을 알 수 있었습니다. 그는 때로는 개나 고양이, 닭 같은 짐승을 상대로 하는 변태적인 성행위에 대한 문헌들을 모으기도 했습니다.

사람들은 내게 그의 혈통도 제대로 알아보지 않고 결혼했다고 비난을 하기도 했습니다. 하지만 저는 사실 저의 사랑으로 그의 병을 고칠 수 있을 거라는 일종의 영웅적인 기분으로 그와 함께했습니다. 그 때문에 많이 놀라기도 하고 슬픔도 맛보았지만, 그래도 실망은 하지 않았습니다. 그만큼 그를 사랑했으니까요.

그런데 그런 남편이 작년 여름 병명을 알 수 없는 병에 걸려 쓰러지고 말았습니다. 의사는 극한 피로로 인해 폐결핵이 생겼으며, 신장도 망가지고 뇌조직도 엉망진창으로 파괴되었다고 했습니다. 그는 남편의 병을 고치기를 포기하고 죽음을 선고했지요.

글쟁이였던 남편은 사실 2,3년 전부터 아무 것도 쓸 수가 없었습니다. 그는 다시 글에 대한 환상을 불러일으키기 위해 친한 의사에게 여러 가지 마약을 얻어 마시면서 소설을 썼지요.

한번 얻은 명성이 사라지는 것을 두려워한 나머지 그는 온갖 약물에 손을 대며 글을 쓰려고 노력했습니다. 일종의 발광상태에 빠져든 그는 수차례 자살을 시도하고 과대망상에 빠지면서 뼈도 골수도 모두 망가져버린 것이지요.

귀중한 자기 몸을 망쳐가며, 마약의 힘을 빌려서라도 소설을 써야만 한다니 이 얼마나 어리석은 일인지요. 그저 적당히 자신과 타협하면서 체념하면 세상살이가 훨씬 편해질 수 있는 것을. 그는 그런 의미에서 절대 구원받지 못한 비극적인 사람이었습니다.

하지만 남편은 역시 강인했습니다. 시한부 선고를 받은 남편은 3개월 후에 다시 꼿꼿하게 일어났습니다. 그리고는 갑자기 B곳 해안으로 일을 겸해 요양을 하겠다며 훌쩍 떠나버렸습니다. 공기 좋은 바닷가로 가서 쉬고 오겠다니 딱히 반대할 이유도 없어서 저도 찬성했습니다. 그저 적당히 시기를 봐서 데리고 돌아오면 된다고 생각했던 것이지요. 그러나 편지를 그렇게 싫어하는 남편에게 3개월 만에 편지를 받았을 때에는 왠지 불길한 마음에 가슴이 철렁했습니다. 무소식이 희소식이라고, 소식이 없는 것이 오히려 평화롭다는 반증으로 여기며 그동안 안심하고 있었기 때문이었습니다. 편지를 받은 다음날 아침, 저는 바로 열차를 타고 남편의 거처를 찾아갔습니다.

　B곶 역에 내려 목적지인 구로키의 집에 도착한 것은 긴 봄날의 햇살이 저물어가며 하늘을 붉게 물들인 황혼 무렵이었습니다. 택시를 타면 더 빨리 갈 수 있었지만, 왠지 느긋하게 가고 싶다는 생각에 마차를 선택했습니다.

　역 앞을 벗어난 마차는 곧 산과 논밭으로 둘러싸인 길에 들어섰습니다. 창밖으로는 산간벽지의 풍경이 펼쳐지기 시작했습니다. 바다가 슬슬 가까워지는지 신선한 바다 냄새가 코로 풍겨왔습니다. 드디어 왔구나 생각하며 밖을 둘러보았지만, 바다는 아직 보이지 않고 그저 산으로 둘러싸인 좁은 길이 계속 이어지고 있었습니다. 길이 꽤 단단한지 딸가닥거리는 말발굽 소리가 한층 높게 울렸습니다.

　"저 오른쪽 너머가 바다인데, 지금은 바위에 가려 보이지 않을 겁니다."

　초로의 마부가 채찍을 세게 흔들면서 말했습니다. 우렁찬 파도소리가 들리면서 바위틈 사이로 가끔씩 보이는 검푸른 바다 모습이 왠지 무시무시하게 보였습니다.

　"이 근처에 나병 환자들이 모여 사는 마을이 있다던데 그게 어디예요?"

바다매

"여기서 쫌 더 가야됩니다. 이따 나오면 알려드리지요."

잠시 후 길은 완만한 오르막으로 바뀌었습니다. 식당과 약국이 나란히 늘어서 있는 절벽의 산기슭을 지나자 오른쪽 벼랑 끝에 다 쓰러져가는 집이 한 채 덩그러니 서 있었습니다. 그곳이 바로 남편이 머무는 곳이었지요. 나를 내려준 마부는 내리막길 끝 쪽의 숲을 가리키며 저 어두운 곳이 그 마을이라고 알려주고는 돌아갔습니다.

잡초가 무성한 앞뜰을 지나 미닫이문 앞에 도착하니 때가 끼어 꼬질꼬질해진 명주옷을 입고 방 한가운데에서 책상다리를 하고 앉아 있는 남편의 뒷모습이 보였습니다. 그러나 저는 그리운 마음보다는 황량한 집의 모습에 마음이 더 아팠습니다. 지붕의 기와는 떨어지고, 목재란 목재는 모두 검게 썩어 있었습니다. 주위에는 온갖 잡초들이 무성하게 자라있었고, 오른쪽으로 연결된 문도 경첩이 떨어져 비스듬히 겨우 걸쳐있을 뿐이었습니다.

저는 남편을 놀래켜 주기 위해 바다를 향해 난 창 쪽으로 발소리를 죽여 살금살금 다가갔습니다. 1미터도 되지 않을 정도의 오솔길은 그대로 절벽으로 통하는 것 같았습니다. 차마 중앙 쪽 창까지 갈 용기가 나질 않아서 열려있는 중간의 창으로 고개를 빼꼼히 넣었습니다. 그리고는 "여보, 나 왔어요!"라고 외치려는 순간, 참담할 정도로 수척해진 남편의 모습에 제 목소리는 목구멍 깊은 곳으로 파묻혀버렸습니다.

이곳으로 오기 전부터 남편은 혈색이 하나도 없는 말라깽이였지만, 그래도 머리도 손질하고 수염도 깎고, 눈동자에는 희미하게나마 의욕의 빛이 있었습니다. 그러나 지금 눈앞의 남편은 도쿄에서 온 이후로 한 번도 손질하지 않았는지 머리가 쑥대밭이 되어 목 언저리까지 지저분하게 늘어져 있었습니다. 그의 주위로는 언제 그리 사 모았는지 쇠망치와 손잡이가 달린 집게, 줄 등 각종 공구들이 나뒹굴고 있고, 그는 자못 심각한 표정을 지으며 미덥지 못한 손놀림으로 두꺼운 바늘 같은 것을 끼익 끼익, 슥 슥 갈고 있었습니다.

그런 진지한 작업 중에 내가 빠꼼히 고개를 내밀었더니, 그는 깜짝 놀라며 그 자리에서 튕겨지듯 튀어 올랐습니다. 그리고 옆에 있던 도구들을 방구석에 발로 차서 밀쳐두고는 '누구냐!'라고 묻는 눈빛으로 방어 자세를 취하며 날카로운 눈길을 날렸습니다. 그리고 잠시 후 자신과 마주보고 있는 여자가 저, 즉 자신의 아내라는 것을 알아보았지요. 처음에는 그것조차 믿을 수 없다는 듯 의심스럽다는 기색을 보였지만, 곧 긴장이 풀려 긴 한숨을 내뱉었습니다.

"뭐야, 당신이었군."

그는 입가에 안도의 미소를 띠며 비틀비틀 방 한가운데에 맥없이 쓰러지듯 책상다리를 하고 앉았습니다. 그리고 입 밖으로 내지 않았을 뿐 방해되게 뭐 하러 왔냐는 기색을 역력하게 보이며 나를 바라보았습니다.

"당신이 보낸 편지를 보니까, 그렇게 신비스러운 이곳이 갑자기 너무 사랑스럽지 뭐예요. 그래서 이렇게 연락도 안하고 와버렸어요."

나는 일부러 농담조로 말했습니다. 그리고 방으로 들어가 화로에 불을 지피고, 한쪽 구석에 펼쳐진 채로 방치되어 있는 이불과 구겨진 의류를 정리하기 시작했습니다. 바다뱀의 정령에 유혹되었다는 말도 안 되는 이야기를 진심으로 하며 저렇게 몰두하고 있는 남편을 보고 순수하다고 해야 할지, 바보라고 해야 할지 알 수 없었습니다. 사실 이곳을 찾아올 때만 해도 편지에 나온 요염한 여인과 이상한 관계라도 생긴 것이 아닌가 했지만, 다 벗겨져 떨어진 벽, 거칠게 보풀이 일어난 다다미 등 난잡한 실내에, 마치 오래된 걸레처럼 더럽게 보이는 남편의 모습 등으로 보아 여자가 드나드는 흔적은 찾을 수 없었습니다.

하지만 창문으로 머리를 내밀어 보니 남편이 편지에서 얘기한 바다 풍경만은 조금도 과장이 없었다는 것을 알 수 있었습니다. 절벽으로 와서 부딪힌 파도가 앞바다의 물결과 다시 마주치며 하얀 포말과 함께 거친 파도로 변하는 모습은 저물어가는 어둡고 쓸쓸한 하늘 아래에서 요란한 소리를 내며 섬뜩한 광경을 만들고 있었습니다.

남편은 '창문'이라 칭했지만, 실제로 이것은 창문이라기보다는 바다 쪽으로 난 마루 끝으로 아슬아슬한 절벽과 마주하며 위험천만하게 뚫려있습니다. 이에 이 집의 주인도 조금은 위험하다고 느꼈는지, 나중에서야 급하게 난간을 설치한 것 같은데, 그 난간이 어찌나 조잡한지 건설업자의 정신상태가 의심이 갈 정도였습니다. 나도 모르게 바다로 빨려 들어갈 것 같은 기분에 난간을 꽉 붙잡고 아래를 내려다보니 절벽의 중간에 1미터 정도 폭의 길이 옆으로 연결되어 있었는데 그 끝이 어디인지 보이지 않았습니다.

"저 길은 어디로 통하는 거예요?"

"거긴 B곶으로 가는 지름길인데, 초행자인 당신은 한 발만 딛어도 다리가 후들거려서 그곳까지 가지도 못할 걸."

남편은 경멸하듯 대답했습니다. 그 길의 다른 쪽은 조금 전 내가 미닫이문을 열고 들어온 오솔길의 입구로 연결되어 있습니다.

집안 정리를 다 끝냈을 때쯤 낡아빠진 천장에 매달린 전구에 불이 켜졌습니다. 벌써 시간이 이렇게 됐나 싶어 식사 준비를 하려 하는데 밖에서 자전거를 세우는 소리가 들렸습니다. 남편의 단골 국수집에서 저녁 식사를 배달 온 거였습니다. 매일같이 이렇게 비싸고 허름한 식사를 하고 있다고 생각하니 저는 남편에게 너무 미안한 마음이 들었습니다. 억지로라도 다시 도쿄로 데려가지 않으면 이 사람이 완전히 망가져버릴 것 같았습니다. 책도 볼 수 없고, 글도 쓸 수 없을 정도로 이렇게 기운이 없으니, 남들보다 훨씬 소중하게 생각하고 보내야 할 시간을 이렇게 말도 안 되는 망상에 빠져 보내는 게 무리도 아니라는 생각이 들었습니다.

그러나 남편은 제가 아무리 설득을 해도 듣지 않았습니다. 오히려 저를 방해자 취급하며 같이 가자는 얘기에 펄쩍 뛰며 반대했지요. 식사도 하는 둥 마는 둥 마치고는 어두운 등불 아래에 꼽추처럼 쭈그리고 앉아 또 다시 끼익 끼익, 슥, 슥 작업에 여념이 없습니다. 튼튼한 낚시 바늘이라도 만들어서 그 바다뱀이라도 낚으려는 것일까요. 만약 그렇다면 정말 남편은 제정신이 아닌 겁니다. 하지만 지금 그의 행동을 제지한다면 그것은 오히려 더 고집을 피우게 할 뿐이라는 생각에 저는 일단 한 발 물러서기로 했습니다.

"그럼 저도 모처럼 왔으니 어디 방이라도 빌려서 며칠 동안 바닷바람이나 쐬고 가야겠어요. 혹시 무슨 일 있으면 언제든지 불러요. 내가 있는 동안 꼭 그 괴물을 잡으면 좋겠네요."

나는 일부러 아무렇지 않은 척 얘기했습니다. 하지만 남편은 이미 제 말 따위는 전혀 귀에 들어오지 않는 듯 벽에 해골 같은 그림자를 만들어가면서 한층 더 열심히 작업에 몰두했습니다.

그 후로 며칠이 지나도 남편의 일상은 언제나 똑같아 보였습니다. 저는 근처의 방을 빌려서 편안히 지냈습니다. 때로는 바닷가를 산책하거나 산등성이를 돌아다니고, 어떤 날은 하루 종일 방안의 창문을 열어두고 꾸벅꾸벅 졸면서 보내는 나날이 너무나 편해서 도쿄로 돌아가기가 싫어질 정도였습니다.

남편은 가끔씩 집에 없을 때가 있었습니다. 아마 B곳에 낚시를 하러 나갔을 거라 생각했습니다. 그가 별로 좋아하지 않으니 일부러 찾아보지는 않았지만, 커다란 낚싯대와 엄지손가락 크기 정도의 갯지렁이 상자를 들고 가는 그와 만난 적이 있었습니다. 어부조차 상대하지 않는 바다뱀을 어떻게든 잡을 작정인 것 같은데, 그런 당치도 않은 일에 열을 올리고 있는 남편의 모습이 가련해 보였습니다.

5일째 되던 날 밤, 저는 자다가 갑자기 눈이 확 떠졌습니다.

분명히 기분 좋게 잠에 들었는데 눈을 뜨니 가슴 언저리가 메슥메슥거리는 게 당장이라도 토할 것 같고 한기가 느껴졌습니다. 혹시나 싶어 저녁 식사의 반찬을 생각해 보았지만, 지금까지 위에 남아 있을 만한 것도 아니었기에 메슥거림이 일어날 뿐 토할 것이 없어 매우 고통스러웠습니다. 저는 바닥에 엎드려서 가슴의 고통을 눌렀습니다. 그렇게 얼마나 시간이 흘렀을까. 호흡이 점점 편해지더니 왠지 모르게 남편이 마음에 걸렸습니다. 이것이 불길한 예감이란 것일까요. 남편의 일이 걱정이 되어 참을 수 없습니다.

지금 남편은 낮의 작업 때문에 피곤해서 잠에 골아 떨어졌을까? 아니면 어둠 속에서 눈을 껌뻑껌뻑거리며 어떻게 해야 마누라를 돌려보낼 수 있을까 고민 중일까? 그에 대해 생각하면 할수록 알 수 없는 불안이 더욱 차올랐습니다. 그리고 언제부터 불기 시작했는지 세찬 바람이 유리창을 딜컹딜컹 흔들면서 불안감을 재촉하듯 울고 있었습니다. 저는 더 이상 그냥 누워 있을 수가 없었습니다. 잠옷도 갈아입지 못하고 허둥지둥 방에서 뛰쳐나왔습니다.

그런데 문밖으로 나온 순간 나는 그 자리에 몸이 굳어버렸습니다. 밤하늘에 끔찍할 정도로 둥글고 큰 달이 떠 있었습니다. 저는 오늘날까지도 그렇게 다부진 달을 본 적이 없습니다.

다부져서 잘생긴 달이 아니라 왠지 악마적인 느낌이 드는, 너무 잘 빚어져 빈틈이라고는 보이지 않을 것 같은 커다란 달이 바로 제 눈앞에 있는 것 같았습니다. 그 압도적인 눈부심에 발길이 떨어지지 않을 정도였습니다.

그러나 저는 이래서는 안 되겠다는 생각에 마음을 단단히 먹고 쏟아져 내리는 달빛을 뚫고 달려갔습니다. 무서운 절벽 길은 대낮처럼 환했습니다. 비탈길의 꼭대기에 도착했을 때, 눈앞으로 보이는 높은 수평선이 세상을 모두 바다처럼 보이게 했습니다. 하늘에는 바람에 조각난 구름들이 꼬리에 꼬리를 물고 북으로 흐르고 있었고, 그들의 검은 그림자가 해면에 늘어났다 줄어들었다를 반복하며 비치고 있었습니다. 그리고 그 바다의 중간에 머리를 깊이 집어넣은 작은 배 같은 남편의 집이 출렁출렁 흔들리는 것처럼 보였습니다.

저는 간신히 버티고 서서 −저는 언제나 구로키와 같은 남편을 둔 나만은 어느 때라도 이성을 잃어서는 안 된다고 스스로에게 다짐을 하곤 했었지요. 힘겹게 한발 한발 문으로 다가가는데 다섯 걸음도 채 떼지 못하는 사이에 집안에서 와당탕 하고 손발이 다다미에 부딪히는 격투소리와 가죽구두를 비비꼬는 듯한 끼익, 끼익거리는 정체를 알 수 없는 비명 같은 것이 들려왔습니다. 그리고 제가 있는 힘껏 문을 열고 마루에 오른쪽 발을 딛는 것과 동시에 격투소리도 멈췄습니다.

그 때의 무서운 광경은 지금도 절대 잊을 수가 없습니다. 산발한 머리에 팬티 한 장만을 걸친 남편이 창문을 등진 채 양팔을 축 늘어뜨린 고릴라처럼 우뚝 서 있었습니다. 조금씩 눈이 어둠에 익숙해지자 남편의 오른손에는 쇠망치가 쥐어져 있고, 온몸이 피투성이라는 것을 알 수 있었습니다. 파랗게 질린 얼굴은 파르르 경련을 일으키고 있었고, 눈은 멍하게 저를 노려보고 있었습니다. 그는 가쁜 숨을 몰아쉬며, 드디어 죽였다, 드디어 죽였다!… 라며 헐떡거리고 있었습니다. 그리고 조금씩, 조금씩 몸이 난간 쪽으로 밀려 움직이는 것이었습니다.

당황한 제가 말리려 했지만 이미 늦어버렸습니다. 남편은 계속 중얼거리면서 쾌심의 미소를 짓는가 싶더니, 두세 걸음 뒷걸음질을 쳤고 우지끈 하고 나무가 부러지는 소리가 났습니다. 그리고 그대로 위를 올려다보며 눈길이 닿지 않는 절벽 아래로 사라져버렸습니다. 뒤늦게 뛰어가 봤지만 이미 불쌍한 남편을 삼켜버린 검은 바다는 새하얀 물거품을 날리며 사람이 얼마나 심하게 미칠 수 있는지 우리에게 알려주려는 듯 웅웅 울어댔습니다. 아아, 제가 남편을 죽인 것입니다. 제가 죽인 거나 마찬가지입니다!

그런데 절벽의 중턱에 도마뱀처럼 두 팔로 붙어서 저를 올려다보고 있는 젊은 여자는 누구일까요? 그래, 저 여자야말로 남편의 광기의 정체다!

여자는 지금 음란하고 비밀스런 만남을 즐기기 위해 가고 있는 것이겠지요. 여자는 방금 전에 이곳에서 일어난 사건에 대해선 아무런 것도 알지 못한다는 듯 태연했고, 오히려 보일 듯 말듯 한 미소를 띠고 있었습니다. 지긋한 눈길로 저를 바라본 것은 저를 남편으로 착각한 것이겠지요. 잠시 후 창밖으로 보이는 머리가 남자가 아니라는 것을 안 순간 그녀는 깜짝 놀라 눈을 크게 뜨고 얼굴을 숙이더니 옆걸음질로 재빠르게 절벽의 그늘로 몸을 숨겨버렸습니다.

이제 마지막으로 방안의 이상한 일을 바로잡을 때가 왔습니다. 창문에서 몸을 일으키니 저의 긴 그림자가 움직이면서 밝고 뚜렷한 달빛이 흘러 들어왔습니다. 그리고 어두웠던 방을 환히 비췄습니다. 그때 저는 확실하게 보았습니다. 서쪽 창 아래에 피로 범벅이 된 이불이 구겨져 있고, 그 위에 6척 정도의 한 마리의 바다뱀이 끈적끈적하게 마지막 경련을 일으키고 있는 모습을. 그리고 야수라고 부르고 싶을 정도로 이상한 괴물의 반들반들한 정수리에는 수리검처럼 보이는 두꺼운 못이 박혀 있고, 그 밑동에서는 새까만 피가 철철 흘러나오고 있었습니다.

바다뱀